Pippi Uzunçorap

Astrid Lindgren

Pippi Uzunçorap

Resimleyen
Ingrid Vang Nyman

Doğan Egmont
okumak gelecektir.
www.de.com.tr

Pippi Uzunçorap
Özgün adı: Pippi Långstrump

Türkiye Yayın Hakları: Doğan Egmont Yayıncılık ve Yapımcılık Tic. A.Ş.
Adres: 19 Mayıs Cad. Golden Plaza No:1 Kat:10 Şişli 34360 İstanbul
Tel: (+90 212) 373 77 00
İstanbul, 2011
www.doganegmont.com.tr
Çeviri: Ali Arda
Yayına hazırlayanlar: Esen Gür, Çiğdem Bakırcıoğlu Arslan
Grafik uygulama: Esma Akkaya
Basım Yeri: Görsel Dizayn Ofset Matbaacılık Tic. Tic. Ltd. Şti.
Adres: Atatürk Bulvarı Deposite Alışveriş Merkezi A5 Blok 4. Kat No: 405
İkitelli OSB - Başakşehir - İstanbul
Telefon: (+90 212) 671 91 00
ISBN: 978-605-09-0235-8
Sertifika no: 11940

Pippi
Villa Villekulla'ya Taşınıyor

Küçük, küçücük bir şehrin kenarında bakımsız bir bahçe ve bu bahçenin ortasında da eski bir ev vardı. Bu evde Pippi Uzunçorap adlı bir kız çocuğu oturuyordu. Pippi daha dokuz yaşında olmasına rağmen yalnız başına yaşıyordu. Pippi'nin ne annesi ne de babası vardı. Aslına bakılırsa, bu o kadar da fena bir şey değildi. Çünkü hiç kimse ona, tam da en çok eğlenmeye başladığı sırada 'hadi yatağa' demiyor ya da canı şekerleme isterken onu balıkyağı içmeye zorlamıyordu.

Bir zamanlar Pippi'nin müthiş bir aşkla sevdiği bir babası vardı, tabii bir de annesi; ama onu hiç hatırlamıyordu. Annesi öldüğünde Pippi beşikte yatan, avaz avaz bağırdığı için yanına kimsenin yaklaşamadığı minicik bir bebekti. Pippi annesinin gökyüzünde oturduğuna, oradaki bir delikten küçük kızına baktığına inanıyor ve sık sık ona el sallayıp:

"Sakın endişelenme! Ben kendime bakabiliyorum!" diyordu.

Pippi babasını hiç unutmamıştı. Babası büyük denizleri dolaşan bir kaptandı. Günün birinde babası fırtınalı bir denizde gemiden düşüp kaybolana kadar Pippi de onunla birlikte denizleri dolaşmıştı. Pippi babasının boğulduğuna hiç inanmamıştı. Bir gün çıkıp geleceğinden kesinlikle emindi. Ona göre babası siyah adamların olduğu bir adaya çıkmış ve o siyah adamların kralı olmuştu. Başında altın bir taçla o adada dolaşıp duruyordu.

"Annem bir melek, babam bir kral, kaç çocuğun böyle anne babası var?" diyordu neşeyle. "Babam yeni bir yelkenli yapar yapmaz gelip beni alacak ve o zaman ben de prenses olacağım. Hey hop, ne harika bir hayat olacak."

Pippi'nin babası bu köhne bahçeli evi uzun yıllar önce almıştı. Denizlere açılamayacak kadar yaşlandığında Pippi ile birlikte bu evde yaşamayı planlıyordu. Ne yazık ki talihsiz bir kazayla denize uçup kaybolmuştu. Pippi, Villa Villekulla'ya taşınıp babasını orada beklemeye karar vermişti. Bahçeli evin adı buydu. Evin her türlü mobilyası vardı. Güzel bir yaz akşamı babasının tayfalarıyla vedalaştı ve Villa Villekulla'ya taşındı. Tayfalar Pippi'yi, o da tayfaları çok seviyordu.

"Elveda çocuklar," dedi Pippi ve tek tek hepsini alnından öptü. "Benim için endişelenmeyin. Ben her zaman başımın çaresine bakabilirim."

Gemiden yalnızca iki şey almıştı. Bunlar, babasının ona hediye ettiği, Bay Nilsson adında bir maymun ve altın paralarla dolu bir çantaydı. Tayfalar güvertenin parmaklıklarına yaslanıp Pippi gözden kaybolana kadar arkasından baktılar. Pippi omzunda Bay Nilsson, elinde altın paralarla dolu çanta, arkasına bir kez bile bakmadan dimdik yürüyüp gitti.

Pippi gözden kaybolduğunda, gözyaşlarını silen bir tayfa: "Eşsiz bir çocuk," dedi.

Adam doğru söylüyordu. Pippi gerçekten de eşsiz bir çocuktu. Onu bu kadar eşsiz yapan şeylerin başında da çok güçlü olması geliyordu. Öylesine güçlüydü ki, dünyada hiçbir polis onun kadar güçlü olamazdı. Eğer canı isterse, tuttuğu gibi bir atı bile havaya kaldırabilirdi. Öyle de yapıyordu. Hep bir atı olsun istediğinden, Villa Villekulla'ya taşındığı gün, çantasındaki altın paralardan biriyle bir at satın almıştı. At evin verandasında yaşayacaktı. Pippi çay içmek için verandaya çıktığında atı havaya kaldırıp bahçeye koyuyordu.

Villa Villekulla'nın yanında bahçeli bir ev daha vardı. Bu evde bir anne, bir baba ve biri kız, biri oğlan iki tatlı çocuk yaşıyordu. Oğlanın adı Tommy, kızın adı da Annika'ydı. Bunlar çok iyi kalpli, iyi yetiştirilmiş, akıllı uslu çocuklardı. Tommy tırnaklarını asla yemez, annesinin sözünden hiç çıkmazdı. Annika istekleri yerine getirilmediğinde asla mızmızlanmaz, kirlenmemesine özen gösterdiği, ütülü, pamuklu elbiseler giyerdi. Tommy ve Annika bahçelerinde birbirleriyle kavgasız gürültüsüz oynarken, hep başka bir oyun arkadaşları olsun isterlerdi. O zamanlar Pippi babasıyla o deniz senin bu deniz benim dolaşıyordu. Bazen Tommy ve Annika bahçelerinin çitine yaslanıp birbirlerine:

"Şu evin boş durması ne kötü. Keşke birileri taşınsa! Çocukları olan birileri," diyorlardı.

Pippi'nin Villa Villekulla'nın eşiğinden adımını attığı o güzel yaz akşamı, Tommy ve Annika evde değillerdi. Bir haftalığına anneannelerini ziyarete gitmişlerdi. Yani yandaki villaya birinin taşındığından haberleri yoktu. Evlerine döndükleri günün ertesi, bahçelerinin girişinde durup sokağa bakarken de, hemen yakınlarında bir oyun arkadaşı olduğunu hala bilmiyorlardı. Orada öylece durmuş ne yapacaklarını, o günün eğlenceli mi geçeceğini, yoksa o sıkıcı günlerden biri mi olacağını düşünüyorlardı. Birden Villa Villekulla'nın çit kapısı açıldı ve bir kız çocuğu dışarı çıktı. Bu, sabah yürüyüşüne çıkmış olan Pippi Uzunçorap'tı. Tommy ve Annika hiç böyle tuhaf bir kız çocuğu görmemişlerdi. Pippi'nin görünüşü gerçekten de tuhaftı:

Yanlara doğru iki kanat gibi örülmüş saçları havuç rengiydi. Bembeyaz, sağlıklı dişlerinin göründüğü ağzı oldukça büyüktü. Elbiseleri daha da tuhaftı. Bu elbiseleri Pippi kendisi dikmişti. Aslında o, mavi bir elbise istiyordu ama elinde yeterince mavi kumaş olmadığı için, elbisenin orasına burasına kırmızı yamalar yapmıştı. Uzun, zayıf bacaklarında biri siyah, biri kahverengi iki uzun çorap vardı. Siyah ayakkabıları neredeyse ayaklarının iki katıydı. Bu ayakkabıları babası Güney Amerika'dan almıştı. Pippi, ayaklarının bu ayakkabının içinde daha rahat büyüyeceğini düşündüğü için başka bir ayakkabı istememişti.

Tommy ve Annika'yı en çok şaşırtan da, bu tanımadıkları kızın omzundaki maymundu. Mavi pantolonlu, sarı ceketli minik bir maymundu bu. Başında da hasır bir şapka vardı.

Pippi sokağa doğru yürüdü. Bir ayağını kaldırıma, diğerini de kaldırımın kenarındaki su yoluna basarak yürüyordu. Tommy ve Annika o uzaklaşana kadar ardından baktılar. Bir süre sonra Pippi geri döndü. Şimdi geri geri yürüyordu. Böyle yürüyerek, geriye dönmek zahmetinden kurtulmuş oluyordu. Tommy ve Annika'nın yanına geldiğinde durdu. Çocuklar bir süre sessizce birbirlerine baktılar. Sessizliği Tommy bozdu:

"Niçin geri geri yürüyorsun?"

"Niçin mi geri geri yürüyorum?" dedi Pippi. "Yoksa öz-

gür bir ülkede yaşamıyor muyuz? İnsan canı nasıl istiyorsa öyle yürüyemez mi? Ayrıca Mısır'da bütün insanların böyle yürüdüğünü ve hiç kimsenin de bunda bir tuhaflık görmediğini söylemeliyim."

"Bunu nereden biliyorsun ki?" diye sordu Tommy. "Mısır'a gitmedin herhalde."

"Mısır'a gitmedim mi? Tabii ki gittim, bundan emin olabilirsin. Ben bütün dünyayı gezdim ve geri geri yürüyen insanlardan daha tuhaflarını da gördüm. Hindistan'daki insanların yaptığı gibi ellerimin üzerinde yürüsem ne derdiniz acaba?"

"Daha neler, uyduruyorsun!" dedi Tommy.

Pippi bir süre düşündü.

"Evet, haklısın. Uyduruyorum," dedi üzgün bir sesle.

"Yalan söylemek çok çirkin bir şey," dedi Annika. Nihayet ağzını açmaya cesaret etmişti.

"Evet, yalan söylemek çok çirkin bir şey," dedi Pippi daha da üzgün bir sesle. "Ama işte, zaman zaman bunu unuttuğum oluyor. Ayrıca annesi bir melek, babası siyahların kralı olan ve bütün ömrünü denizlerde dolaşarak geçirmiş minik bir kız çocuğundan her zaman doğruyu söylemesini nasıl beklersiniz? Ha bir de," diye devam etti. Çilli yüzü büsbütün aydınlanmıştı. "Kongo'da doğru söyleyen tek bir insan bile yok. Bütün gün yalan söylerler. Sabahın yedisinde başlayıp, güneş batana kadar durmadan yalan söylerler. Eğer arada bir yalan söylediğim olursa, bunun bir süre Kongo'da yaşamış olmamdan kaynaklandığını düşünerek beni affetmenizi dilerim. Sanırım yine de arkadaş olabiliriz, değil mi?"

"Elbette," dedi Tommy. O günün, sıkıcı günlerden biri olmayacağını hemen hissetmişti.

"Hem niçin bana kahvaltıya gelmiyorsunuz?" dedi Pippi.

"Tabii," dedi Tommy. "Neden olmasın, niçin gelmeyelim ki? Hadi gidelim!"

"Tamam," dedi Annika. "Hemen!"

"Ama önce sizi Bay Nilsson'la tanıştırayım," dedi Pippi.

Küçük maymun, şapkasını çıkartıp Tommy ve Annika'yı kibarca selamladı.

Villa Villekulla'nın yıkılmaya yüz tutmuş çit kapısından geçerek, yosun tutmuş ağaçların –bunlar tırmanmaya elverişli ağaçlardı– çevrelediği çakıllı yoldan yürüyüp verandaya çıktılar. Pippi'nin atı, verandada çorba kasesinden yulaf yiyordu.

"Bu atın burada işi ne?" diye sordu Tommy. "Benim bildiğim, bütün atlar ahırda kalır."

"Şey," dedi Pippi düşünceli bir şekilde. "Mutfakta ayağıma dolaşıp duracaktı. Salonu da o istemiyor."

Tommy ve Annika atın sağrısını okşayıp içeri girdiler. Ev, salon, mutfak ve bir yatak odasından ibaretti. Pippi'nin cuma temizliğini unuttuğu hemen belli oluyordu. Tommy ve Annika acaba siyahların kralı bir köşede oturuyor mu diye çevrelerine dikkatle baktılar. Daha önce hiç Pippi'nin bahsettiği gibi bir kral görmemişlerdi ama içeride ne bir kral baba ne de bir anne vardı. Annika endişeyle sordu:

"Burada yalnız mı yaşıyorsun?"

"Tabii ki hayır, Bay Nilsson ve at da burada yaşıyor ya!"

"Tamam da... Annen ve baban yok mu demek istedim."

"Hayır, kesinlikle yok," dedi Pippi neşeyle.

"Ama o zaman akşamları yatman gerektiğini ve bunun gibi şeyleri sana kim söylüyor?" dedi Annika.

"Ben kendim söylüyorum," dedi Pippi. "Önce yumuşak bir sesle kendimi uyarıyorum, eğer dinlemezsem sesimi sertleştirerek bir kez daha uyarıyorum, eğer yine dinlemezsem arkasından dayak geliyor, anladınız mı?"

Tommy ve Annika bunun nasıl olduğunu tam olarak anlayamamışlardı, yine de iyi bir yöntem olduğunu düşündüler. Mutfağa girdiler. Pippi bağırmaya başladı:

"Şimdi burada krep pişecek
Şimdi burada krep yapılacak
Şimdi burada krep kızaracak."

Ve üç yumurta alıp havaya attı. Yumurtalardan biri Pippi'nin kafasına düştü, kırılan yumurtanın sarısı akıp gözlerine kadar indi ama elindeki tavayla diğer iki yumurtayı ustaca yakalamayı başarmıştı. Tabii onlar da kırılmıştı.

Pippi gözlerinin üzerine akan yumurtayı temizlerken:

"Yumurta sarısının saça faydalı olduğunu söylerler," dedi. "Üstelik saçınız uzarken kıtırdadığını duyarsınız. Biliyor musunuz, Brezilya'da herkes saçlarını yumurtaya bular. Onun için orada hiç kel yok ama bir seferinde, yumurtayı saçına sürmek yerine pişirip yiyecek kadar deli olan yaşlı bir adam gördüm. Bu yüzden kafasında tek bir saç teli kalmamıştı. Sokağa çıktığında öyle bir karışıklığa neden oluyordu ki, polisler hemen göreve koşmak zorunda kalıyorlardı."

UN

Pippi konuşurken bir yandan da tavadaki yumurtaların kabuklarını ayıklıyordu.

Yumurta kabuklarını temizledikten sonra bir banyo fırçası alıp, duvarlara sıçrata sıçrata yumurtaları çırpmaya başladı. Yeterince çırptıktan sonra, artık tavada ne kaldıysa ocağın üzerindeki bir başka tavada duran krep hamurunun üzerine döktü. Krepin bir tarafı piştikten sonra, diğer tarafını da pişirmek için havaya fırlatıp tekrar tavayla yakalamayı başardı. Krep hazır olduğunda, ustaca bir hareketle krepi tavadan fırlatarak bir tabağa pat diye kondurdu.

"Hadi!" diye bağırdı. "Soğumadan yiyin!"

Tommy ve Annika kreplerini yediler ve çok güzel olduğunu söylediler. Kahvaltıdan sonra Pippi onları salona davet etti. Salonda yalnızca bir mobilya vardı. Bu, bir sürü küçük çekmecesi olan kocaman bir dolaptı. Pippi dolabın çekmecelerini açarak o güne kadar saklamayı başardığı hazinelerini gösterdi. Tuhaf kuş yumurtaları, ilginç deniz kabukları, güzel kutucuklar, gümüş aynalar, kolyeler ve buna benzer daha birçok şey vardı. Pippi ve babası dünyayı gezerken değişik yerlerden toplamış ve almışlardı bunları. Pippi yeni arkadaşlarına anı olsun diye birer hediye verdi. Tommy, sapı inci kakmalı bir kama, Annika da kapağı pembe deniz kabuklarıyla kaplı küçük bir kutu aldı. Kutunun içinde yeşil taşlı bir yüzük vardı.

"Eğer şimdi bunları alıp evinize giderseniz, yarın yine gelebilirsiniz," dedi Pippi. "Ama eve gitmezseniz bir daha geri gelemezsiniz, bu da çok üzücü olur!"

Pippi'ye hak veren Tommy ve Annika evlerine gitmeye karar verdiler. Yulafını yemiş olan atın önünden geçip Villa Villekulla'nın bahçe kapısından dışarı çıktılar. Bay Nilsson şapkasını sallayarak onları uğurladı.

Şeyler Bulucusu Pippi Kavgaya Karışıyor

Annika ertesi gün erkenden uyandı. Hemen yatağından fırlayıp, ayak parmaklarının ucuna basarak Tommy'nin yatağına gitti. Tommy'yi kolundan sarsarak:

"Uyan Tommy," dedi. "Hadi uyan da o kocaman ayakkabılı neşeli kızın yanına gidelim!"

Tommy hemen uyandı.

"Dün akşam yatağa girdiğimde, bugün bizi eğlenceli bir şeylerin beklediğini biliyordum ama ne olduğu bir türlü aklıma gelmemişti," dedi ve hemen pijamasının üstünü çıkardı. Sonra ikisi birden lavaboya girdiler. Her zamankinden daha çabuk yüzlerini yıkayıp dişlerini fırçaladılar. Neşe içinde ve aceleyle giyindiler. İkinci kattan aşağı, merdivenlerin korkuluğundan kayarak inip annelerinin beklediğinden tam yarım saat önce kahvaltı masasına oturdular. Ve oturur oturmaz da sıcak çikolatalarını istediler.

"Ne var?" dedi anneleri. "Niçin acele ediyorsunuz?"

"Yandaki eve taşınan kızın yanına gideceğiz," dedi Tommy.

"Belki bütün gün onunla kalırız," dedi Annika.

Pippi o sabah kurabiye yapmaya karar vermiş, kocaman bir kurabiye hamuru hazırlamış, mutfak döşemesinde hamuru açmaya başlamıştı.

"Düşünsene," dedi Pippi maymununa, "İnsan en az beş yüz tane kurabiye yapacaksa hangi hamur tahtası yeter ki?"

Şimdi de yere uzanmış, açtığı kurabiye hamurlarına kalp biçimi veriyordu.

"Şu hamurların arasında gezinmeyi bırak Bay Nilsson!" dedi Pippi öfkeyle ve tam o anda kapı çaldı.

Pippi koşup kapıyı açtı. Tıpkı bir değirmenci gibi tepeden tırnağa bembeyaz un olmuştu. Annika ve Tommy'nin elini hararetle sıkıp sallarken Pippi'nin üzerinden bir un bulutu savruldu.

"Ne iyi ettiniz de geldiniz," dedi ve üzerini silkeledi. Yeni bir un bulutunun içinde kalan Tommy ve Annika öksürmeye başladılar. Sonunda Tommy "Ne yapıyorsun?" diye sorabildi.

"O kadar uyanıksın ki, şimdi baca temizliyorum desem inanmazsın," dedi Pippi. "Şaka şaka, kurabiye pişiriyorum. Birazdan hazır olur. Siz şu odun sandığının üzerine oturun da bekleyin."

Pippi çok hızlı çalışabiliyordu! Tommy ve Annika mutfaktaki odun sandığının üzerine oturup Pippi'nin kurabiye

hamurunu açmasını, şekil verip tepsilere dizmesini ve tepsileri fırına yerleştirmesini izlediler. Sanki bir film izliyorlardı.

Pippi sonunda "Bu kadar," dedi ve son tepsiyi de fırına koyup kapağını kapadı.

"Şimdi ne yapacağız?" dedi Tommy.

"Sizin ne yapmak istediğinizi bilemem," dedi Pippi. "Ama ben yan gelip yatamam. Aslına bakılırsa ben bir çeşit Şeyler Bulucusu'yum. Benim gibi birinin hiç boş vakti olmaz."

"Ben neyim dedin?" diye sordu Annika.

"Şeyler Bulucusu."

"O da ne?" dedi Tommy.

"Bildiğim kadarıyla, şeyler arayan biri," dedi Pippi. "Başka ne olabilir ki?" Bu arada, yere saçılmış unları süpürüp bir köşeye topladı. "Dünya bir sürü şeyle dolu," diye devam etti. "Birinin onları arayıp bulması gerekir, değil mi? İşte bunu Şeyler Bulucusu yapar."

"Ne tür şeyler bunlar?" diye merakla sordu Annika.

"Ohooo, bir sürü şey," dedi Pippi, "altın külçeleri var, devekuşu tüyleri var, ölü fareler var ve minik, minicik cıvata somunları var; var oğlu var."

Pippi'nin anlattıkları Tommy ve Annika'nın hoşuna gitmişti. Onlar da Şeyler Bulucusu olmak istiyorlardı ama Tommy minik, minicik bir cıvata somunu yerine, altın külçesi bulmayı tercih ederdi.

"Neler bulacağımızı göreceğiz," dedi Pippi. "Her zaman bir şey bulunur. Elimizi çabuk tutalım da bu civardaki sarı külçeleri diğer Şeyler Bulucuları'ndan önce biz bulalım."

Üç Şeyler Bulucusu hemen yola koyuldu. Aramaya civardaki villaların etrafından başlamaya karar vermişlerdi. Çünkü Pippi, minik bir cıvata somununun bazen ormanın derinliklerinde bile bulunabileceğini, yine de en iyi şeylerin insanların yaşadığı yerlerde bulunduğunu söylemişti.

"Fark etmez," diye devam etti Pippi. "Bunun aksini ispatlayan örnekler de gördüm. Dün gibi hatırlıyorum, bir gün Borneo'nun balta girmemiş ormanlarında bir şeyler aramaya çıkmıştım. Ormanın insan ayağı değmemiş bir köşesinde ne bulsam beğenirsiniz? Güzelim bir tahta bacak! Onu sonra tek bacaklı bir adama verdim. Adam böylesi bir tahta bacağa paha biçilemeyeceğini söyledi."

Tommy ve Annika gerçek bir Şeyler Bulucusu'nun nasıl davrandığını görmek için Pippi'ye dikkatle bakıyorlardı. Pippi o köşe senin bu köşe benim koşup duruyordu. Elini gözlerine siper edip arıyor da arıyordu. Bazen dizlerinin üzerine çöküyor, elini bir çitin parmaklıklarının arasına sokuyor ve sonra hayal kırıklığı içerisinde:

"Tuhaf! Sanki sarı bir külçe görmüş gibiydim," diyordu.

"Peki, insan bulduğu her şeyi alabilir mi?" diye merakla sordu Annika.

"Tabii," dedi Pippi, "yerde bulduğu her şeyi alabilir."

Biraz ileride, evinin önündeki yeşil çayırlara uzanmış uyuyan yaşlı bir adam vardı.

"İşte yerde bir adam," diye bağırdı Pippi. "Onu biz bulduk. Hemen alalım!"

Bunu duyan Tommy ve Annika dehşete kapıldılar.

"Hayır, hayır olmaz Pippi, bir amcayı alamayız, bu olmaz," dedi Tommy. "Ayrıca onu ne yapacağız?"

"Onu ne mi yapacağız? Bir sürü şey yapabiliriz. Onu bir tavşan kafesine koyup, tıpkı bir tavşan gibi karahindiba yaprağıyla besleyebiliriz ama eğer siz istemiyorsanız,

benim için hava hoş. Doğrusu başka bir Şeyler Bulucusu gelip onu alacak diye üzülmüyor da değilim."

Aramaya devam ettiler. Pippi birden müthiş bir çığlık attı.

"Off, daha önce hiç böylesini görmemiştim!" diye haykırdı. Ve çimenlerin arasındaki eski bir paslı teneke kutuyu aldı. "Hey, ganimete bakın ganimete! İnsan bu tür şeylere kolay kolay rastlamaz."

Tommy teneke kutuya biraz şüpheyle baktı:

"O ne işe yarar ki?" dedi.

"Ohoo, çok işe yarar," dedi Pippi. "Bir kere içine bisküvi koyabilirsin. O zaman içinde bisküvi olan hoş bir kutu olur. Ya da içine bisküvi koymazsın, o zaman da içinde bisküvi olmayan bir kutu olur. Tabii bu durumda içinde bisküvi olduğundaki kadar hoş olmaz ama yine de işe yarar."

Pippi kutuyu dikkatle incelemeye başladı, pas içindeydi, ayrıca dibinde bir delik vardı.

"Bu daha çok içine bisküvi konulmayacak bir kutuya benziyor," dedi düşünceli bir ifadeyle. "Ama bu kutuyu başınıza geçirip, sanki gece yarısı dolaşıyormuş gibi oynayabilirsiniz."

Öyle de yaptı. Başına kutuyu geçirip evlerin arasında teneke kule gibi dolaşmaya başladı. Sonunda bir çitin çelik tellerine takılarak yüzüstü yere kapaklandı. Teneke kutu yere çarptığında müthiş bir gürültü çıkardı.

"Gördünüz mü?" dedi Pippi başından teneke kutuyu çıkarırken. "Eğer başımda bu kutu olmasaydı, pat diye yüzümü yere çarpacaktım ve yüzüm yamulacaktı."

"Tamam da," dedi Annika, "başında o kutu olmasaydı tellere takılıp düşmeyecektin de."

Ama Annika daha sözünü bitiremeden Pippi bir çığlık daha attı. Bu defa elinde, övünçle uzattığı bir dikiş ipliği makarası vardı.

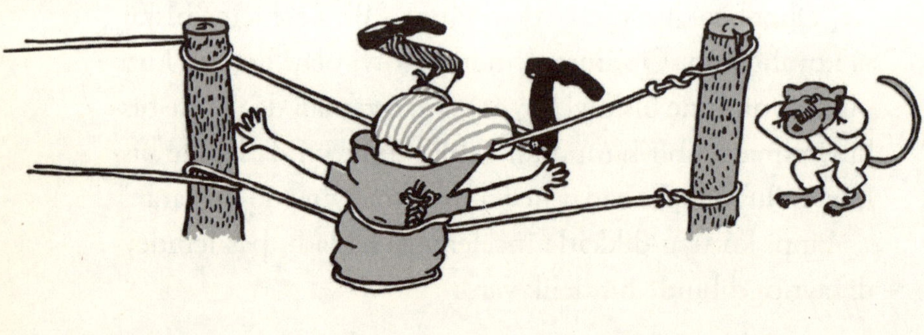

"Sanırım bugün benim şanslı günüm," dedi. "Şu minicik, şirin makaraya da bir bakın! Bu minik şirin makarayı, ortasındaki delikten sabun köpüğü üfleyip baloncuklar çıkartmak için kullanabilirim, ya da ortasından ip geçirip kolye yapabilirim! Hemen şimdi eve dönüp yapacağım."

Tam o anda evlerden birinin bahçe kapısı açıldı ve sokağa bir oğlan çocuğu fırladı. Çocuk çok korkmuştu ve bu kadar korkmuş olması boşuna değildi. Çünkü peşinde onu kovalayan beş tane oğlan çocuğu vardı. Çok geçmeden bir çitin önünde onu kıstırdılar. Sonra beşi birden çocuğun üzerine çullanıp onu pataklamaya başladılar. Çocuk ağlıyor ve kollarıyla yüzünü korumaya çalışıyordu.

"Haydi çocuklar!" diye bağırdı saldırganlardan en iri ve en güçlü olanı. "Ona öyle bir ders verelim ki bir daha bu sokağa adım atamasın!"

"Ah," dedi Annika, "patakladıkları çocuk Ville. Nasıl bu kadar kötü olabiliyorlar?"

"Yine şu korkunç Bengt," dedi Tommy. "Bütün kavgaları o çıkartır. Bire karşı beş! Ödlekler!"

Pippi yanlarına gitti ve işaretparmağıyla Bengt'i dürttü.

"Bir bakar mısın?" dedi. "Beş kişi birden saldırdığınıza göre, Ville'den püre yapmak niyetindesiniz sanırım? "

Bengt döndü ve daha önce o civarlarda hiç görmediği kız çocuğuna baktı. Bu vahşi yabancı kız, sırtına dokunmaya cesaret edebilmişti. Önce kızın bu cesareti karşısında ağzı açık kaldı, sonra yüzüne bir gülümseme yayıldı.

"Çocuklar," dedi, "Ville'yi bırakın, şu bastıbacağa bakın."

Dizlerine vurarak kahkahalar atmaya başladı. Diğer çocuklar göz açıp kapayıncaya kadar Pippi'nin etrafını kuşattılar. Gözyaşlarını kurulayan Ville, ürkek adımlarla yürüyüp Tommy'nin yanına gitti.

"Hiç böyle saç gördünüz mü? Alev gibi! Hele şu ayakkabılar!" dedi Bengt, "Birini bana ödünç ver de gölde bir tur atayım, gezecek kayığım yok da!"

Pippi'nin saç örgülerinden birini tuttu ve hemen bıraktı.

"Off, elim yandı!"

Pippi'nin etrafındaki çocuklar el ele tutuşup zıplayarak bağırmaya başladılar:

"Havuç kafa! Havuç kafa!"

Çocukların ortasında duran Pippi'nin yüzünde dostça bir gülümseme vardı. Bengt onun kızacağını ya da ağlayacağını düşünmüştü, en azından çok korkacağını. Bunların hiçbirinin olmadığını görünce Pippi'yi itti.

"Bence bir kıza nasıl davranılması gerektiğini bilmiyorsun," dedi Pippi ve güçlü kollarıyla Bengt'i tuttuğu gibi havaya kaldırdı. Sonra onu öylece bir huş ağacının yanına taşıdı ve pantolonunun askısından ağacın dallarından birine astı. Sonra başka bir oğlanı yakalayıp onu da aynı ağacın başka bir dalına astı. Bir diğerini bir bahçenin giriş kapısının üzerine oturttuktan sonra dördüncüsünü bir çitin üzerinden savurdu. Çocuk bir çiçek tarhının ortasına düştü. Kavgacıların sonuncusunu da duvara dayalı, küçük, küçücük bir oyuncak el arabasına oturttu.

Sonra Pippi, Tommy, Annika ve Ville bir süre oğlanları seyrettiler. Oğlanların şaşkınlıktan dilleri tutulmuştu.

"Sizi ödlekler!" dedi Pippi. "Bir kişiye beş kişi saldırırsınız ha! Sonra da savunmasız bir kızı itip kakarsınız. Off ne çirkin bir davranış!"

Pippi bir süre daha çocuklara baktıktan sonra Tommy ve Annika'ya:

"Hadi artık eve gidelim," dedi. Ville'ye de, "Eğer bir daha sana sataşacak olurlarsa hemen bana haber ver," dedi.

Sonra ağaçta asılı duran ve kımıldamaya bile cesaret edemeyen Bengt'e döndü:

"Saçım ya da ayakkabılarım hakkında söyleyecek başka bir şeyin varsa, ben eve gitmeden önce söyle," dedi.

Ama Bengt'in Pippi'nin ne ayakkabısı ne de saçları hakkında söyleyecek bir şeyi vardı artık. Pippi bir eline teneke kutusunu, diğerine dikiş ipliği makarasını alıp eve doğru yola koyuldu. Tommy ve Annika da onu izledi.

Pippi'nin bahçesine geldiklerinde Pippi onlara döndü:

"Ah sevgili çocuklar, ne korkunç bir durum bu," dedi.

"Ben iki tane güzel şey buldum ama siz hiçbir şey bulamadınız. Biraz daha aramalısınız. Tommy niçin aşağıdaki ağaç kütüklerine bakmıyorsun? Şeyler Bulucusu için en iyi yerlerden biri eski ağaç kütükleridir."

Tommy, Annika ve kendisinin bir şey bulabileceklerine hiç inanmıyordu ama Pippi'yi memnun etmek için elini ağacın gövdesindeki oyuğa soktu.

"Aaa, bu da ne?" dedi şaşkınlıkla ve elini oyuktan çıkardı. Parmaklarının arasında deri kapaklı, çok ama çok güzel bir not defteri tutuyordu. Defterin kenarındaki bir kılıfın içinde de gümüş kaplama küçük bir kalem vardı.

"Amma da tuhaf," dedi Tommy.

"Gördünüz mü," dedi Pippi, "Şeyler Bulucusu olmak gibisi yok. Niçin bu işi daha fazla insan yapmaz, anlaşılır gibi değil. Herkes marangoz, ayakkabı tamircisi, baca temizleyicisi falan olmak istiyor ama hiç kimse Şeyler Bulucusu olmaya yanaşmıyor. Yok efendim, bu işi kimse kendisine yakıştıramıyor!"

Sonra Annika'ya döndü:

"Niçin gidip şu eski kütüğü yoklamıyorsun? İnsan eski kütüklerin içinde her zaman bir şeyler bulabilir."

Annika kütüğün yanına gidip elini içindeki oyuğa soktu ve sokar sokmaz da mercan bir kolye buldu. Tommy ve Annika'nın şaşkınlıktan ağızları açık kalmıştı. Bundan

böyle her gün Şeyler Bulucusu olarak çalışmayı düşünüyorlardı.

Pippi bir önceki gece, gece yarısına kadar kendi kendine top oynadığı için az uyuyabilmişti ve şimdi birden uykusu gelmişti.

"Ben gidip biraz uyuyacağım," dedi. "Benimle içeri gelip uyumama yardımcı olur musunuz?"

Pippi yatağın kenarına oturup ayakkabılarını çıkarırken, düşünceli bir şekilde Tommy ve Annika'ya baktı.

"Ayakkabımı alıp da gölde tur atacakmış, şu Bengt denilen çocuk. Hıh!" dedi küçümseyerek. "Gölde tur atmak neymiş ona göstereceğim! Bekleyin, sırası gelecek!"

"Pippi, söyler misin," dedi Tommy saygılı bir ifadeyle, "niçin bu kadar büyük ayakkabılar giyiyorsun?"

"Sanırım ayak parmaklarımı rahatça oynatabilmek için," dedi Pippi. Sonra uyumak için yatağa girdi. Her zaman ayakları yastığın üzerinde, başı yorganın altında uyurdu.

"Guatemala'da böyle uyurlar," dedi. "Uyumanın en iyi yolu da bu! Böyle yatınca ayak parmaklarımı uyurken bile oynatabiliyorum."

"Siz ninni dinlemeden uyuyabiliyor musunuz?" diye devam etti. "Ben kendi kendime ninni söylemezsem gözüme asla uyku girmez." Tommy ve Annika bir süre yorganın altından gelen hırlamaları dinlediler. Bu Pippi'nin ninnisiydi. Pippi uyuduktan sonra, onu uyandırmamak için ayaklarının ucuna basarak kapıya doğru gittiler. Kapıda durup son bir kez Pippi'ye baktılar. Yalnızca yastığın üzerindeki ayakları görünüyordu. Ayak parmakları neşeyle kımıldıyordu.

Tommy ve Annika evlerinin yolunu tuttular. Annika elindeki mercan kolyeyi sıkıca tutmuştu.

"Çok tuhaf," dedi, "sence... sence bunları Pippi oraya koymuş olabilir mi?"

"Kim bilir," dedi Tommy, "Pippi söz konusu olduğunda hiçbir şeyden emin olamayız."

Pippi Polislerle Elim Sende Oynuyor

Dokuz yaşında bir kızın Villa Villekulla'da yalnız başına yaşadığı haberi kısa zamanda bütün şehre yayılmıştı. Şehrin teyze ve amcaları bunu hiç doğru bulmuyorlardı. Onlara göre her çocuğun başında bir büyüğün olması, okula gitmesi ve çarpım tablosunu öğrenmesi gerekti. İşte bu yüzden, bu teyze ve amcalar, Villa Villekulla'da yaşayan küçük kızın derhal bir çocuk yurduna yerleştirilmesine karar verdiler.

Güzel bir öğleden sonra Pippi, Tommy ve Annika'yı çay içip kurabiye yemeye davet etmişti. Verandanın merdivenlerine oturmuşlardı. Güneşli, güzel bir gündü ve bahçeden nefis çiçek kokuları yayılıyordu. Bay Nilsson verandanın korkuluklarına çıkıp çıkıp iniyordu. At da arada bir korkulukların arasından burnunu uzatıp kurabiye istiyordu.

"Yaşamak ne güzel şey," dedi Pippi ayaklarını öne doğru uzatıp gererek.

İşte tam o anda bahçeye üniformalı iki polis girdi.

"Aa!" dedi Pippi, "Bugün de şanslı günüm olmalı. Polisler gibisi yoktur. Sonra da kaymaklı kereviz gelir!"

Ve yerinden kalkıp yüzünde bir gülümsemeyle polislere doğru gitti.

Polislerden biri:

"Villa Villekulla'ya taşınan küçük kız bu mu?" diye sordu diğerine.

"Yoo," dedi Pippi. "Bu gördüğünüz, şehrin öteki ucundaki bir evin üçüncü katında yaşayan bir teyzecik!"

Pippi polislerle biraz şakalaşmak istemişti ama polisler pek de şakacı tiplere benzemiyorlardı. Pippi'yi gevezelik etme diye uyardılar ve şehrin iyi kalpli insanlarının onu çocuk yurduna yerleştireceklerini söylediler.

"Benim zaten çocuk yurdunda yerim var," dedi Pippi.

"Ne diyorsun, şimdiden ayarladılar mı?" dedi polislerden biri. "Neresiymiş bu çocuk yurdu?"

"Burası," dedi Pippi gururla, "ben çocuğum, burası da benim evim. Yani burası bir çocuk yurdu, burada yer de var, hem de bir sürü."

"Sevgili çocuğum," dedi polislerden biri gülümseyerek, "tam olarak anlamadın. Sana bakacak insanların olduğu gerçek bir bakımevinden bahsediyoruz."

"Sizin bakımevinizde çocuklar yanına at alabilir mi?" dedi Pippi.

"Tabii ki hayır," dedi polis.

"Tam tahmin ettiğim gibi," dedi Pippi üzgün bir ifadeyle. "Peki ya maymun?"

"Hiç olur mu, tabii ki alamazlar,"

"Demek öyle?" dedi Pippi. "O zaman sizin şu bakımevine çocuk bulmak için başka kapıya gidin. Ben oraya taşınmayı hiç düşünmüyorum."

"Tamam da, okula gitmek zorunda olduğunu anlamıyor musun?"

"Niçin okula gitmek zorundayım ki?" dedi Pippi.

"Bir şeyler öğrenmek için elbette," dedi polis.

"Ne gibi şeyler?" diye merakla sordu Pippi.

"Çok çeşitli şeyler," dedi polis, "bir sürü gerekli şey, örneğin çarpım tablosu."

"Çarpık tablosuz dokuz yıl yaşayabildim," dedi Pippi. "Sanırım bundan sonra da yaşayabilirim."

"Ama bilgisiz yaşamanın ne kadar sıkıcı olacağını bir düşünsene? Bir gün büyüyeceksin, o zaman belki biri gelip sana Portekiz'in başkenti neresi diye soracak ve sen cevap veremeyeceksin."

"Hiç de bile, tabii ki cevap vereceğim," dedi Pippi. "Eğer Portekiz'in başkentini bilmek senin için bu kadar önemliyse, hemen Portekiz'e mektup yazıp sor diyeceğim."

"İyi de, senin bilmiyor olman canını sıkmayacak mı? "

"Olabilir, belki bazı akşamlar uzandığım yerde, 'hay aksi, şu Portekiz'in başkentinin adı neydi' diye merak edip duracağım ama ne yapalım, insan her zaman neşeli şeyler düşünemez ki," dedi Pippi ve bir süre amuda kalkarak durdu. "Hem, babamla birlikte Lizbon'a gitmiştim." Baş aşağı dururken de konuşabiliyordu.

Bunun üzerine polisler Pippi'ye canının istediğini yapamayacağını söylediler. İstese de istemese de çocuk yurduna gidecekti. Polislerden biri yanına gidip onu kolundan tuttu ama Pippi bir silkinişte onun elinden kurtuldu ve koluna hafifçe vurarak "Elim sende!" dedi. Sonra polisin gözünü bile kırpmasına fırsat vermeden, bir sıçrayışta verandanın korkuluklarına tırmandı. Oradan da verandanın üzerindeki balkona çıktı. Polisler onun izlediği yoldan balkona çıkmaya hiç de hevesli değillerdi. Hemen evin içine girdiler ve üst kata çıktılar. Polisler daha balkona adım atarken, Pippi çatıya çıkmak üzereydi bile. Bir maymun gibi kolayca çatıya tırmandı, kısa zamanda çatının sırtına ulaştı ve oradan da bir sıçrayışta bacanın üzerine çıktı. Balkondaki polisler saçlarını başlarını yolarken, Tommy ve Annika bahçeden olan biteni seyrediyorlardı.

"Elim sende amma da güzel bir oyun, değil mi?" diye polislere bağırdı Pippi. "Ne iyi ettiniz de geldiniz. Bugünün şanslı günlerimden biri olduğunu anlamıştım zaten."

Polisler bir süre düşündükten sonra bir merdiven bulup evin duvarına dayadılar. Ve Pippi'yi indirmek için çatıya tırmandılar. Çatının sırtında dengelerini sağlamaya çalışarak Pippi'ye doğru yürürken bir parça korkuyorlardı.

"Korkmayın!" diye bağırdı Pippi, "O kadar tehlikeli değil. Çok eğlenceli."

Polislerle arasında iki adım kaldığında Pippi bir sıçrayışta bacadan indi ve çatının sırtından evin diğer tarafına doğru koştu. Birkaç metre ileride bir ağaç vardı.

"Şimdi dalıyorum," diye bağıran Pippi o ağacın yeşil yapraklarının arasına uçtu, bir dala tutunup ileri geri sallandıktan sonra yere atladı. Ve koşup polislerin duvara dayadığı merdiveni aldı.

Pippi'yi ellerinden kaçıran polisler hüsrana uğramış gi-

biydiler. Çatının sırtında dengelerini sağlamaya çalışarak gerisin geri gidip de merdivenin yerinde durmadığını gördüklerinde iyice paniğe kapıldılar. Öfkeden küplere binen polisler, aşağıda durmuş onları seyreden Pippi'ye bağırarak, merdiveni hemen yerine koymasını söylediler. Yoksa külahları değişeceklerdi.

"Niçin bu kadar öfkelisiniz?" diye sitemle karşılık verdi Pippi. "Şunun şurasında elim sende oynuyoruz, oyun arkadaşlarının birbirlerine karşı nazik olması gerekmez mi?"

Polisler bir süre düşündüler, sonra biri, sanki yaptıklarından utanmış gibi:

"Ah, haklısınız tabii," dedi. "Acaba şimdi sizden rica etsek, aşağı inebilmemiz için merdiveni duvara dayama inceliğini gösterebilir misiniz?

"Elbette," dedi Pippi ve hemen merdiveni getirip duvara dayadı. "Hadi inin de birlikte çay içip eğlenelim."

Ama polislere hiç güven olmuyordu, ayaklarını yere basar basmaz Pippi'nin üzerine yürüyüp bağırdılar.

"Şimdi sana gününü göstereceğiz, seni hain velet!"

Pippi, "Yeter artık, her ne kadar çok eğleniyor olsam da sizinle oynamaya daha fazla vaktim yok," dedi.

Sonra iki polisi de kemerlerinden kavrayıp havaya kaldırdı ve sokağa kadar taşıyıp bıraktı. Polislerin kendilerini toparlamaları uzun zaman aldı.

"Biraz bekleyin," diye bağıran Pippi bahçeyi geçip eve koştu. Mutfaktan birkaç kurabiye alarak geri döndü ve polislere uzattı:

"Tadına bakmak ister misiniz? Birazcık yanık olmaları sorun olmaz herhalde."

Pippi, olup bitenleri merakla seyreden Tommy ve Annika'nın yanına döndü. Polisler aceleyle şehre dönüp bütün teyze ve amcalara Pippi'nin çocuk yurduna pek uygun olmadığını söylediler. Çatıya çıktıklarından hiç bahsetmediler tabii. Bunun üzerine teyze ve amcalar en iyisinin

Pippi'nin Villa Villekulla'da kalması olduğuna karar verdiler. Ve eğer okula gitmek isterse, bu işi kendisi halletmeliydi.

Pippi, Tommy ve Annika polisler gittikten sonra neşeli bir gün geçirdiler. Çay partilerine devam ettiler. Pippi tam on dört kurabiye yedikten sonra:

"Şu polisler," dedi, "ne biçim polislermiş? Yok çocuk yurduymuş, yok çarpık tabloymuş, yok Lizbon'muş, başımı şişirdiler."

Sonra Pippi atı bahçeye taşıdı ve üçü birlikte üzerine bindiler. İlk başlarda Annika korktuğu için ata binmek istememişti ama Tommy ve Pippi'nin ne kadar eğlendiğini görünce o da binmeye karar verdi. Bunun üzerine Pippi elinden tutup onu da atın sırtına kaldırdı. Bahçede dolaşmaya başladılar, Tommy şarkı söylüyordu:

"İsveçli şamatacı çocuklar geliyor!" O akşam Tommy ve Annika yataklarına girdiklerinde Tommy, "Annika, Pippi'nin buraya taşınması çok iyi oldu, değil mi?" dedi.

"Tabii ki çok iyi oldu," dedi Annika.

"O gelmeden önce neler oynadığımızı hatırlamıyorum bile, sen hatırlıyor musun?" dedi Tommy.

"İşte, kriket falan oynuyorduk," dedi Annika, "ama Pippi ile oynamak daha eğlenceli. Atla dolaşmak... ve diğer şeyler!"

Pippi Okula Başlıyor

Elbette ki Tommy ve Annika okula gidiyorlardı. Her sabah saat sekizde, kollarının altında ders kitapları, el ele tutuşup ağır ağır okul yoluna koyuluyorlardı.

O saatlerde Pippi ya atını tımar ediyor ya Bay Nilsson'un küçük elbiselerini giydiriyor ya da havada peş peşe kırk üç takla atarak jimnastik yapıyordu. Ardından, mutfak masasının başına geçip kocaman bir bardak çay ve kocaman bir sandviçle keyif çatıyordu.

Tommy ve Annika okula giderken Villa Villekulla'ya özlemle bakıyorlardı. Okula gitmektense evde kalıp Pippi ile oynamaya can atıyorlardı. Keşke Pippi de okula gelseydi, o zaman çok daha iyi olurdu.

"Düşünsene, okuldan eve dönerken ne kadar eğlenirdik," dedi Tommy.

"Evet, okula giderken bile eğlenirdik," dedi Annika.

Düşündükçe Pippi'nin okula gitmemesi onları daha çok üzmeye başladı. En sonunda Pippi'yi okula başlaması için ikna etmeye karar verdiler. Bir öğleden sonra Tommy ve Annika ev ödevlerini yaptıktan sonra Pippi'ye oturmaya gittiklerinde Tommy, Pippi'yi okula ısındırmak için kurnazca bir giriş yaptı:

"Öyle iyi bir öğretmenimiz var ki, inanamazsın."

"Okulun ne kadar eğlenceli olduğunu bir bilsen!" diye devam etti Annika. "Bir gün bile gidemesem aklımı kaçırırım."

Pippi mutfakta bir tabureye tünemiş, leğende ayaklarını yıkamaktaydı. Tommy ve Annika'yı sessizce dinliyor, ayak parmaklarını oynatarak etrafa sular sıçratıyordu.

"Ayrıca artık dersler eskiden olduğu gibi akşama kadar da sürmüyor," diye devam etti Tommy, "saat ikide bitiyor."

"Tabii ya," dedi Annika, "hem Noel tatili, Paskalya tatili, yaz tatili derken okula azıcık gidiyorsun." Düşünceli bir şekilde ayak başparmağı ile oynayan Pippi hala susuyordu. Birden leğeni devirerek kararlı bir şekilde ayağa kalktı. Biraz ileride yere oturmuş, aynayla oynayan Bay Nilsson'un pantolonu dökülen sulardan sırılsıklam olmuştu.

"Bu haksızlık," dedi öfkeyle. Bay Nilsson'un pantolonunun sırılsıklam olması umurunda bile değildi. "Kesinlikle haksızlık! Buna tahammül edemem."

"Haksızlık olan ne?" dedi Tommy.

"Dört ay sonra Noel gelecek ve siz tatile gireceksiniz. Peki ya ben?" Pippi'nin sesi çok hüzünlüydü. "Bana Noel tatili yok, küçük bir Noel tatilim bile olmayacak. Bu böyle gitmez. Hemen yarın okula başlıyorum."

Tommy ve Annika sevinçle el çırptılar.

"Yaşasın!" diye bağırdılar. "O zaman seni yarın sabah sekizde kapının önünde bekleriz."

"Olmaz," dedi Pippi, "ben o kadar erken başlayamam. Ayrıca ben okula atla giderim."

Dediği gibi de yaptı. Ertesi sabah saat tam dokuzda atı kaldırıp verandadan bahçeye indirdi. Çok geçmeden bütün şehir, sokakları inleterek geçen bu at da neyin nesi diye pencerelere üşüştü. Herkes bunun ürküp zincirlerinden boşanmış bir at olduğunu sandı. Oysa bu yalnızca okula yetişmeye çalışan Pippi'ydi. Okul bahçesine şimşek gibi girdi ve daha at durmadan yere atladı. Sonra atını bir ağaca bağlayıp okula girdi. Sınıfın kapısını öyle şiddetle açtı ki, Tommy, Annika ve diğerleri korkudan havalara sıçradılar.

"Merhabalarrrr!" diye kükredi Pippi ve kocaman şapkasını başından çıkarıp, "Çarpık tabloya yetiştim mi?" dedi.

Tommy ve Annika öğretmenlerine Pippi Uzunçorap adlı yeni bir öğrencinin geleceğinden bahsetmişlerdi. Öğretmenleri orada yaşayan böyle bir kızdan bahsedildiğini duymuştu. Çok iyi kalpli ve neşeli biri olan öğretmen, Pippi'ye okulu sevdirmek için elinden geleni yapacaktı.

Pippi kimseden izin almadan boş bir sıraya oturdu. Öğretmen onun bu saygısız davranışına aldırmadı. Sanki hiçbir şey olmamış gibi:

"Okulumuza hoş geldin küçük Pippi," dedi. "Umarım okuldan hoşlanır ve çok şey öğrenirsin."

"Öyle mi?" dedi Pippi. "Umarım bir Noel tatilim olur. Ben buraya tatil hakkımı almak için geldim. Adalet her şeyden önce gelir."

"Elbette," dedi öğretmen, "şimdi adını ve soyadını söylersen, seni okula kaydedebilirim."

"Adım Pippilotta Viktualia Storperde Testinanesi Efraimkızı Uzunçorap. Eski denizler hakimi, şimdi siyah adamların kralı Kaptan Efraim Uzunçorap'ın kızıyım. Pippi benim lakabım. Babam Pippilotta'nın çok uzun olduğunu düşündüğü için bana Pippi der."

"Tamam o zaman," dedi öğretmen. "Biz de sana Pippi deriz. Neler biliyorsun bir bakalım. Yetişkin bir kız olduğuna göre bazı şeyleri biliyor olmalısın. En iyisi toplama işlemiyle başlayalım. Evet Pippi, söyle bakalım, yedi artı beş kaç eder?"

Pippi şaşkın bir ifadeyle öğretmene şöyle bir baktı ve:

"Yedi artı beşin kaç ettiğini sen bilmiyor musun? Eğer öyleyse benim sana söyleyecek bir şeyim yok," dedi.

Bütün çocuklar dehşetle Pippi'ye baktı. Öğretmen ona okulda onun konuştuğu gibi konuşulamayacağını açıkladı.

"Bir kere öğretmene sen denmez, 'öğretmenim' ve 'siz' diye hitap edilir," dedi.

"Özür dilerim," dedi Pippi mahcup bir ifadeyle. "Bilmiyordum. Bir daha böyle konuşmam."

"Tamam, umarım öyle olur," dedi öğretmen. "Unutmadan, yedi artı beş, on iki eder."

"Bak işte, gördün mü, sen cevabını biliyormuşsun. O zaman niçin bana soruyorsun? Ah, budala ben, sana yine 'sen' dedim. Özür dilerim," dedi Pippi ve kendini cezalandırmak için kulağına sıkı bir çimdik attı.

Öğretmen onun bu davranışlarını görmezden gelmeye karar vermişti. Hiçbir sorun yokmuş gibi devam etti.

"Peki Pippi, sekiz artı dört kaç eder?"

"Aşağı yukarı altmış yedi," dedi Pippi.

"Yanlış," dedi öğretmen. "Sekiz artı dört, on iki eder."

"Yoo hanfendi, artık bu kadarı da fazla," diye isyan etti Pippi. "Daha biraz önce yedi artı beşin on iki ettiğini siz söylediniz. Okulda bile bir düzen olmalı canım. O da bu da on iki edemez. Ayrıca bu tür saçmalıklara çocuksu bir ilgi duyuyorsan, niçin köşene çekilip de şu toplama işlemini kendi kendine yapıp bizi rahat bırakmıyorsun, hiç değilse biz de elim sende oynarız. Aman, üff, yine sen dedim! Beni son kez affeder misin? Bundan sonra daha dikkatli olup öyle söylememeye çalışacağım."

Öğretmen affedeceğini söyledi. Pippi'ye toplama öğretmeye çalışmanın pek iyi bir fikir olmadığını da anlamıştı. Bu defa diğer çocuklara döndü.

"Acaba Tommy şu soruyu cevaplayabilir mi?" dedi. "Lisa'nın yedi, Axel'in de dokuz elması var. İkisinin toplam kaç elması var?"

"Hadi bakalım Tommy, cevapla," diye araya girdi Pippi. "Ama benim de sana bir sorum olacak: Eğer Lisa'nın karnı ağrıyor ama Axel'in karnı onunkinden de çok ağrıyorsa, elmaları nereden aşırmışlardır?"

Öğretmen duymamış gibi yapıp Annika'ya döndü.

"Sana bir sorum olacak Annika: Gustav okul arkadaşlarıyla birlikte geziye çıkar. Evden çıktığında cebinde on lirası vardır ve eve yedi lirayla döner. Gustav gezide kaç lira harcamıştır?"

"Hadi bakalım," dedi Pippi, "ayrıca onun niçin bu kadar müsrif olduğunu da merak ediyorum. Gazoz mu, yoksa başka bir şey mi almış? Bir de evden çıkmadan önce kulaklarını iyice yıkamış mı?"

Bunun üzerine öğretmen toplama işlemlerine bütünüyle son verdi. Belki de okumayı öğrenmek Pippi'nin daha çok hoşuna gider diye düşündü. Üzerinde inek resmi olan parlak bir kartonu duvara astı. İnek resminin tam üzerinde bir "i" harfi vardı.

"Evet Pippi, şimdi eğlenceli bir şey yapacağız," dedi hevesle. "Burada bir iiiinek resmi görüyorsun. İnek resminin üzerindeki bu harfin adı 'i'."

"Yooo, artık buna inanamam," dedi Pippi, "gösterdiğiniz şey, daha çok üzerinde sinek pisliği olan bir çubuğa benziyor ama ineğin sinek pisliğiyle ne ilgisi var, bilmeyi çok isterim doğrusu."

Öğretmen duvara başka bir karton astı. Bunun üzerinde de bir yılan resmi vardı. Öğretmen yılan resminin üzerindeki harfin "y" olduğunu söyledi.

"Söz yılanlardan açılmışken," dedi Pippi, "hiç unutmam, bir gün Hindistan'da kocaman bir yılanla boğuşmuştum.

İnanamayacağınız kadar korkunç bir yılandı. On dört metre boyundaydı ve çok öfkeliydi. Her gün beş büyük Hintli, üzerine de tatlı niyetine iki küçük Hintli çocuk yiyordu. Bir gün tatlı niyetine beni yemek istedi. Bedenime dolandı –çatırt– ama ben 'yavaş ol bakalım' dedim ve kafasına bir yumruk indirdim –güm–. O zaman tıssss hısss diye inledi. Bir yumruk daha –güm– ve beni bıraktı –off poff–. Ya işte böyle, demek bu harf 'y' harfi, gerçekten çok tuhaf!"

Ve Pippi soluklanmak için bir süre sustu. Öğretmen Pippi'nin kavgacı ve zor bir çocuk olduğunu düşünmeye başlamıştı. Harfleri sonra öğretmeye karar vererek resim yapmayı önerdi. Pippi'nin sakin bir şekilde resim yapacağını düşünüyordu. Kağıt kalem çıkarıp çocuklara dağıttı.

"Canınız ne istiyorsa çizin," dedi. Sonra masasına oturdu ve çocukların ödevlerini kontrol etmeye başladı. Bir süre sonra neler olduğunu görmek için başını kaldırdı. Pippi yere uzanmış, istediği şeyi döşemeye çiziyor, bütün çocuklar da onu izliyordu.

"Ama Pippi," dedi öğretmen, sabrı tükenmeye başlamıştı artık, "niçin kağıda değil de yere çiziyorsun?"

"Kağıda da çizdim ama koca atı bu küçücük kağıda sığdıramam ki," dedi Pippi. "Şimdi ön ayaklarını çiziyorum, kuyruğuna geldiğimde sanırım koridora çıkacağım."

Öğretmen bir süre düşündü.

"Hadi o zaman, resim yapmak yerine biraz şarkı söyleyelim," dedi.

Pippi dışında bütün çocuklar ayağa kalktı ama o hala yerde uzanıyordu.

"Siz söyleyin, ben biraz dinleneceğim," dedi. "Bu kadar bilgi en sağlıklı insanı bile çökertir!"

Ama artık öğretmenin sabrı tükenmişti. Pippi hariç herkesin bahçeye çıkmasını istedi. Pippi ile konuşacakları vardı.

Pippi ve öğretmen sınıfta yalnız kaldıklarında, Pippi ayağa kalkıp öğretmenin masasına gitti.

"Biliyor musun," dedi, "yani biliyor musunuz öğretmenim, buraya gelip de neler yaptığınızı görmek çok eğlenceliydi ama bir daha okula geleceğimi hiç sanmıyorum. Şu Noel tatili de olmazsa olmasın. Elma, toplama, çarpık tablo, yılan, inek, off bütün bunlar çok fazla. İnsanın başı dönüyor. Umarım okula gelmezsem üzülmezsiniz."

Öğretmen tabii ki buna çok üzüleceğini söyledi. En çok da Pippi'nin davranışlarını düzeltmek için çaba göstermemesine üzülecekti. Okula gitmeye can atmıyor olsa bile hiçbir kız çocuğu Pippi gibi davranamazdı.

"Çok mu kötü davrandım?" dedi Pippi büyük bir şaşkınlıkla. "Yemin ederim ben fark etmedim," diye üzgün bir ifadeyle devam etti. Hiç kimse Pippi'nin üzüldüğünde olduğu kadar kederli görünemezdi. Bir süre sustu, sonra sesi titreyerek:

"Bunu anlamalısın öğretmen, eğer bir insanın annesi bir melek, babası siyah adamların kralıysa ve bütün ömrünü denizlerde geçirmişse, okula geldiğinde bütün o elmalar ve yılanlar arasında nasıl davranacağını bilemiyor," dedi.

Bunun üzerine öğretmen onu anladığını ve artık Pippi yüzünden üzülmediğini söyledi. Belki Pippi, büyüdüğünde okula geri dönerdi. Pippi'nin sevinçten yüzü ışıdı.

"Sen çok iyi kalplisin öğretmen," dedi. "Bunu sana vermek istiyorum."

Cebinden altın bir saat çıkarıp masanın üzerine koydu. Öğretmen böyle pahalı bir şeyi alamayacağını söyleyerek itiraz etti. Pippi diretti.

"Almak zorundasın! Yoksa yarın yine gelirim ve asıl rezaleti o zaman görürsün!"

Sonra birden koşarak okulun bahçesine çıkıp bir sıçrayışta atının sırtına atladı. Bütün çocuklar atı okşamak ve Pippi'yi yolcu etmek için etrafına toplanmışlardı.

"Ben okul diye Arjantin'dekilere derim," dedi etrafındaki çocukları gururla süzerek. "Asıl orada okula gitmeliydiniz. Noel tatilinden üç gün sonra Paskalya tatili başlar. Paskalya tatili bittikten üç gün sonra da yaz tatili başlar. Yaz tatili 1 Kasım'da biter. Tabii 11 Kasım'da başlayan Noel tatiline kadar biraz zorlanırsınız ama en azından ev ödevi diye bir şey yok. Arjantin'de ev ödevi yapmak kesinlikle yasak! Tamam, bazen gardıroba saklanıp ev ödevi yapan bir iki Arjantinli çocuk çıkar ama anneleri onları bir yakalarsa, vay hallerine. Hele toplama işleminin oradaki okullarda adı bile geçmez. Eğer bir çocuk yedi artı beşin kaç ettiğini bilir de, öğretmene söyleyecek kadar da budala olursa, bütün bir gün utanç köşesinde tek ayak üzerinde dikilmek zorunda kalır. Yalnızca cuma günleri ders yaparlar, tabii ders yapacak kitap

bulabilirlerse. Neyse ki orada hiç kitap yok."

"Peki ama okulda ne yapıyorlar o zaman?" diye merakla sordu küçük bir çocuk.

"Şekerleme yiyorlar," dedi Pippi kararlı bir sesle. "En yakındaki şekerleme fabrikalarından doğrudan sınıflara uzanan borular var, bütün gün o borulardan şekerleme akar, çocuklar da bütün gün onları yemekle meşgul olurlar."

"Peki, öğretmenler ne yapıyor o zaman?" diye sordu küçük bir kız.

"Aman ne aptalca bir soru, tabii ki şekerleme kağıtlarını toplarlar," dedi Pippi. "Herhalde onları çocukların topladığını düşünmüyorsundur? Bu çok nadir olur. Zaten bu çocuklar okula bir gün bile gitmezler. Kardeşlerini gönderirler."

Pippi kocaman şapkasını salladı.

"Hoşça kalın çocuklar," diye neşeyle bağırdı. "Bir daha beni burada göremezsiniz. Axel'in kaç elması olduğunu sakın unutmayın, yoksa sonunuz kötü olur! Hah hah ha!"

Pippi kulakları çınlatan bir kahkaha atarak atını okul bahçesinden dışarı öyle bir sürdü ki, atın ayaklarının altından küçük çakıllar savruldu, okulun camları zangırdadı.

Pippi Bahçe Kapısının Üzerinde Oturuyor ve Ağaca Tırmanıyor

Pippi, Tommy ve Annika, Villa Villekulla'nın önünde oturuyorlardı. Bahçe kapısının iki tarafındaki sütunlardan birine Pippi, diğerine Annika oturmuş, Tommy de kapı kemerinin üzerine tünemişti. Ağustosun sonlarına doğru, güzel, sıcak bir gündü. Bahçe kapısının yakınında, dalları yerlere kadar uzanan bir armut ağacı vardı. Çocuklar oturdukları yerden sulu, küçük, kırmızı-sarı ağustos armutlarını toplayabiliyorlardı. Armutları kemiriyor, iştahla yutup çekirdeklerini yola tükürüyorlardı.

Villa Villekulla küçük şehrin en uç sokağındaydı. Bu sokağın ilerisinde kırlar uzanırdı. Küçük şehrin insanları sık sık bu taraflarda gezintiye çıkardı. Çünkü buraları şehrin en güzel yeriydi.

Çocuklar oturmuş armut yerken, şehirden gelen yolda bir kız belirdi. Onları görünce durdu.

"Babam buradan geçti mi?" diye sordu.

"Hımm," dedi Pippi. "Baban nasıl biri, mavi gözlü mü?"

"Evet," dedi kız.

"Orta boylu mu? Ne çok uzun ne çok kısa?"

"Evet."

"Siyah şapkalı ve siyah ayakkabılı mı?"

"Evet, tam öyle," dedi kız heyecanla.

"Cık, onu görmedik," dedi Pippi, kesin bir ifadeyle.

Kız hayal kırıklığı ve şaşkınlıkla baktı. Sonra tek söz etmeden yoluna devam etti.

"Bekle biraz," diye arkasından bağırdı Pippi, "baban kel kafalı mıydı?"

"Hayır, tabii ki kel kafalı değil," dedi kız öfkeyle.

"İyi, şanslıymış," dedi Pippi ve bir çekirdek tükürdü.

Kız aceleyle yola koyuldu ama Pippi tekrar bağırdı:

"Omuzlarına kadar inen devasa kulakları var mıydı?"

"Hayır," dedi kız ve şaşkın bir yüzle Pippi'ye döndü, "bu yolda o kadar kocaman kulaklarıyla birinin yürüdüğünü söylemeyeceksin herhalde?"

"Yok canım, şimdiye kadar kulaklarıyla yürüyen birini hiç görmedim. Benim tanıdığım herkes ayaklarıyla yürür."

"Üff, amma da aptalsın! Demek istediğim, o kadar koca kulaklı birini gördün mü hiç?"

"Hayır canım," dedi Pippi, "o kadar koca kulaklı insan olur mu? Bu çok tuhaf olurdu. Nasıl görünürdü bir düşünsene! Hiç kimsenin o kadar kocaman kulakları olamaz."

Biraz düşündükten sonra, "En azından bu ülkede," diye

devam etti. "Ama bak Çin dersek her şey değişir. Bir gün Şangay'da bir Çinli görmüştüm. Kulakları öylesine büyüktü ki, onları pelerin olarak kullanabiliyordu. Yağmur yağarken kulaklarının altına sığınıp orada sıcak sıcak keyif çatıyordu. Tabii kulakları o kadar keyif alıyor muydu, o başka. Havanın özellikle çok kötü olduğu günlerde arkadaş ve tanıdıklarını kulaklarının altında kamp yapmaya davet ediyordu. Dışarıda kızılca kıyamet koparken, onlar kulakların altında hüzünlü şarkılar söylüyorlardı. Kulaklarından dolayı bu adamı herkes seviyordu. Adamın adı Hay Şang'dı. Hay Şang'ı sabahları işe koşarken bir görmeliydiniz! Sabah uykusunu çok sevdiğinden, işe hep koşarak gidiyor ve ancak son dakikada yetişiyordu. İki sarı yelken gibi açılmış kulaklarıyla koşarken ne kadar sevimli görünüyordu bir bilseniz!"

Kız şaşkınlıkla Pippi'yi dinliyordu. Tommy ve Annika da armut yemeyi bırakıp Pippi'ye kulak kesilmişlerdi.

"Adamın sayamayacağı kadar çok çocuğu vardı, en küçüğünün adı Petter'di," dedi Pippi.

"Ama bir Çinli çocuğun adı nasıl Petter olur?" diye itiraz etti Tommy.

"Adamın karısı da aynen böyle demiş, 'Bir Çinli çocuğun adı nasıl Petter olur?' diye itiraz etmiş ama Hay Şang çok inatçı bir adammış, çocuğun adı ya Petter olacak ya da hiçbir adı olmayacak diye tutturmuş. Bir köşeye çekilip kulaklarını üzerine örtmüş ve saatlerce somurtmuş. Zavallı karısı sonunda pes etmiş ve çocuğa Petter adını koymuşlar."

"Hadi ya!" dedi Annika.

"Bu çocuğun Şangay'da eşi benzeri yoktu," diye devam etti Pippi. "Yemek konusunda inanılmaz yaygaracıydı. Annesini canından bezdiriyordu. Sanırım Çin'de kırlangıç yuvası yendiğini biliyorsunuzdur. Bir gün annesi yemesi için Petter'in önüne koca bir tabak kırlangıç yuvası koydu. Bir yuvayı alıp 'Hadi minik Petter, bu baba için,' dedi. Ne mümkün! Petter başını iki yana salladı. Bunu gören Hay Şang öyle öfkelendi ki, 'Eğer Petter baba için bir yuva yemezse, bundan sonra ona başka yemek yapılmayacak!' diye kükredi. Hay Şang'ın ağzından çıkan şeye mutlaka uyulurdu. Aynı kırlangıç yuvası tabağı, mayıs ayından ekime kadar Petter'in önüne kondu kalktı. Temmuz ayında Petter'in annesi, 'Bari çocuğa birkaç köfte verelim,' diye Hay Şang'a yalvardı ama Hay Şang 'Olmazzz,' dedi."

"Saçmalık!" dedi yoldaki küçük kız.

"Evet, Hay Şang da tam senin dediğin gibi, 'Saçmalık!' dedi. Eğer Petter bu inatçılığını sürdürmeye devam ederse, ona kırlangıç yuvasından başka bir şey verilmeyecekti. Petter mayıstan ekime kadar ağzını kilitli tuttu."

"Tamam da," dedi Tommy şaşkınlıkla, "hiçbir şey yemeden o kadar zaman nasıl yaşayabildi?"

"Yaşayamadı ki," dedi Pippi. "Öldü. İnatçılığı yüzünden öldü. 14 Ekim'de öldü, on dokuzunda da toprağa verildi. 20 Ekim'de, Hay Şangların mutfak penceresinden içeri bir kırlangıç girdi ve masadaki tabağın içinde duran yuvaya bir yumurta bıraktı. Hiç değilse yuva sonunda bir işe yaramıştı. Neyse ki yumurtanın başına bir kaza gelmedi," diyerek neşeyle sözlerine son verdi Pippi. Ve sonra karşısında durmuş şaşkın şaşkın onu izleyen kıza baktı.

"Niye öyle tuhaf tuhaf bakıyorsun?" dedi Pippi, "Umarım yalan söylediğimi düşünmüyorsundur. Ne? Hadi ne söyleyeceksen yüzüme söyle." Pippi tehditkar bir ifade takınıp elbisesinin kollarını sıyırdı.

"Hayır, öyle bir şey yok," dedi kız korkuyla. "Yalan söyledin demiyorum ama..."

"Ama ne?" dedi Pippi. "Ama yalan söylüyorum işte. Yalan söylemekten dilim şişti, görmüyor musun? Bir çocuğun mayıs ayından ta ekime kadar yemek yemeden yaşayacağına gerçekten inandın mı? Yalan söyledim demiyormuş. Tamam, ben Çinlilerin üç dört ay yemek yemeden yaşayabileceklerini biliyorum ama mayıstan ekime kadar da... insaf yani! Bunun yalan olduğunu anlamış olmalısın. İnsanların seni aldatmasına izin vermemelisin."

Bunun üzerine kız hızla uzaklaştı. Bir daha da arkasına dönüp bakmadı.

"Amma da saf insanlar var," dedi Pippi, Tommy ve Annika'ya. "Mayıstan ekime kadar! Pes doğrusu!"

Sonra epeyce uzaklaşmış olan kızın arkasından bağırdı: "Hayır, babanı görmedik! Bugün kel kafalı biri geçmedi ama dün buradan kol kola tam on yedi kel geçti!"

Pippi'nin bahçesi gerçekten de çok hoştu. Öyle çok bakımlı değildi ama harika çimenler vardı. Ağaçların üzeri beyaz, sarı, pembe güllerle doluydu. Mis gibi kokuyorlardı. Bir sürü de meyve ağacı vardı, en önemlisi de tırmanmaya müsait, çok yaşlı meşeler ve karaağaçların olmasıydı.

Tommy ve Annikaların bahçesi bu tür ağaçlar açısından çok fakirdi. Ayrıca anneleri düşüp bir yerlerini kıracaklar diye ağaca tırmanmalarına müsaade etmiyordu. Bu nedenle onlar pek ağaca tırmanmazlardı ama Pippi:

"Şu meşe ağacına tırmanalım mı?" dediğinde, Tommy bu öneriyi sevinçle karşıladı ve hemen bahçe kapısının üzerinden yere atladı. Annika ilk başlarda biraz çekingen dursa da, ağacın gövdesinin tırmanmayı kolaylaştıracak budaklarla dolu olduğunu görünce o da heveslendi.

Meşe ağacının gövdesi yerden birkaç metre yukarıda iki kocaman dala ayrılıyordu. Burada küçük bir oda kadar bir yer vardı. Üç çocuğun ağaca tırmanıp oraya oturması çok zamanlarını almadı. Üzerlerinde meşe yapraklarından yeşil bir çatı vardı.

"Burada çay içebiliriz," dedi Pippi. "Ben inip çay demleyeceğim."

Tommy ve Annika el çırparak onu desteklediler.

Pippi'nin çay yapması çok uzun sürmedi. Bir gün önce pişirdiği kurabiyeler de vardı. Pippi meşe ağacının altına geçip çay fincanlarını yukarı atmaya başladı, Tommy ve Annika fincanları yakalayacaklardı ama iki fincanı onlardan önce ağacın dalları yakaladı ve fincanlar kırıldı. Pippi koşup yenilerini getirdi. Fincanlardan sonra sıra kurabiyelere geldi. Uzun süre havada kurabiyeler uçuştu, neyse ki onlar düşünce kırılmıyorlardı. En sonunda Pippi bir elinde çaydanlık, diğer elinde küçük bir şekerlikle ağaca tırmandı.

Tommy ve Annika hiç bu kadar güzel bir çay içmediklerini söylediler. Aslına bakılırsa misafirlik dışında pek çay içmezlerdi. Şimdi de misafirlikte sayılırlardı. Annika dizine biraz çay döktü. Önce sıcak ve ıslaktı, sonra soğuk ve ıslak oldu ama Annika önemli olmadığını söyledi.

Çayları bitince Pippi fincanları çimenlere attı:

"Görelim bakalım günümüzde porselenleri ne kadar sağlam yapıyorlar." Bir fincan ile üç tabak sınavı geçmişti. Çaydanlığın yalnızca ağzı kırıldı.

Pippi birden daha yükseğe tırmanmaya heves etti. Tırmanır tırmanmaz da:

"Olamaz!" diye bağırdı. "Bu ağacın içi oyuk!"

Ağacın gövdesinin tam ortasında, yapraklar sakladığı için daha önce görmedikleri büyük bir oyuk vardı.

"Aaa, ben de tırmanıp bakabilir miyim?" diye seslendi Tommy. Cevap gelmeyince, "Pippi, neredesin?" dedi.

Pippi'nin sesini duydular ama ses yukarıdan değil de, aşağıdan geliyordu. Sanki yeraltından gelir gibiydi:

"Ağacın içindeyim. Ağacın gövdesi dibine kadar oyuk! Şimdi bir çatlaktan dışarı bakıyorum ve çimenlerin üzerindeki çaydanlığı görüyorum," diyordu Pippi.

"Off, peki nasıl yukarı çıkacaksın?" diye bağırdı Annika.

"Yukarı hiç çıkamayacağım," dedi Pippi. "Burada yaşlanacağım. Yukarıdaki delikten bana yiyecek bir şeyler atarsınız artık. Günde beş altı öğün."

Annika ağlamaya başladı.

"Niçin ağlayıp sızlıyorsun ki?" dedi Pippi. "Ağlayacağınıza aşağı gelin de, zindanda çürüme oyunu oynayalım!"

"Hayatta olmaz!" dedi Annika. Ne olur ne olmaz diye de hemen ağaçtan aşağı indi.

"Annika, çatlağın arasından seni görüyorum," diye bağırdı Pippi. "Sakın çaydanlığa basma. O kimseyi incitmemiş, yaşlı, nazik bir çaydanlık. Ve artık ağzı kırıldığı için, istese bile kimseyi incitemez."

Annika ağacın gövdesine yanaştı. Çatlağa gözlerini dayadı ve Pippi'nin işaretparmağının ucunu gördü. Bu onu

bir parça teselli etse de, hala endişeliydi.

"Pippi, gerçekten de yukarı çıkamıyor musun?" diye sordu. Pippi'nin işaretparmağı kayboldu ve çok geçmeden ağacın yukarısındaki oyuktan başı göründü.

"Belki çok uğraşırsam yapabilirim," dedi. Ve elleriyle oyuğu kapatan yaprakları araladı.

"Yukarı çıkmak eğer bu kadar kolaysa," dedi Tommy, "ben de aşağı inip zindanda çürüme oyunu oynayacağım."

"Dur dur," dedi Pippi, "en iyisi merdiveni getirelim."

Oyuktan dışarı çıktı, hızla ağaçtan aşağı indi. Merdiveni alıp ağacın üzerine çıkardı ve oyuktan aşağı sarkıttı.

Tommy ağacın içine inmeye can atıyordu. Ağacın içine açılan oyuk yüksekte olduğundan oraya kadar tırmanmak epeyce zahmetliydi. Ama Tommy tırmanmayı başardı. Ağacın gövdesindeki karanlık oyuğa girmekten de korkmadı. Annika onun oyuğun içinde kaybolduğunu gördü ve bir daha onu görebilecek miyim diye endişelenmeye başladı. Aşağıda, gövdedeki çatlaktan içeriyi görmeye çabalıyordu.

"Annika!" Bu Tommy'ydi. "Buranın ne kadar harika bir yer olduğuna inanamazsın. Mutlaka gel. Merdiven olduğu sürece tehlike yok. Bir kez denesen, hep yapmak istersin."

"Emin misin?" dedi Annika.

"Kesinlikle," dedi Tommy.

Bunun üzerine Annika bacakları titreyerek tekrar ağaca

tırmandı. Pippi ona yardımcı oldu. Annika oyuğun içine bakıp ne kadar karanlık olduğunu görünce geri çekildi ama Annika'nın elinden tutan Pippi onu cesaretlendirdi.

"Korkma Annika," diye bağırdı Tommy aşağıdan. "Bacaklarını görüyorum, düşecek olursan seni tutarım."

Ama Annika düşmedi, hiçbir sorun yaşamadan kolayca Tommy'nin yanına indi. Pippi de onu izledi.

"Harika, değil mi?" dedi Tommy.

Annika gerçekten de harika olduğunu kabul etti. Sandığı kadar karanlık değildi. Çatlaktan içeri ışık sızıyordu. Annika çaydanlığı görmek için gözünü çatlağa dayadı.

"Saklanmak için burayı kullanabiliriz," dedi Tommy. "Hiç kimse bizim burada olduğumuzu anlayamaz. Bizi aramaya gelen olursa, gülerek çatlaktan onları izleriz."

"Hatta çatlaktan ince uzun bir çubuk uzatıp onları gıdıklarız," dedi Pippi. "Hayaletler geldi sanırlar."

Bu düşünce çocukları neşelendirdi ve birbirlerine sarıldılar. Annika ve Tommy'nin evinden defalarca yemek zilinin çalındığı duyuldu.

"Üff," dedi Tommy. "Şimdi eve gitmek zorundayız. Yarın okuldan çıkar çıkmaz buraya geliriz."

"Gelin tabii," dedi Pippi.

Merdivenden yukarı tırmandılar. Önce Pippi, sonra Annika ve en son da Tommy. Ve ağaçtan aşağı indiler.

Pippi Gezi Düzenliyor

"Bu gün okula gitmeyeceğiz," dedi Tommy. "Temizlik tatilindeyiz." Senede bir gün, okullar büyük temizlik için tatil ediliyordu.

"Hah işte!" diye bağırdı Pippi. "Bir haksızlık daha! İhtiyacım olmasına rağmen, bana temizlik tatili yok! Şu mutfak döşemelerinin haline bakın! Ama dur!" diye devam etti, "temizlik tatilim olsun ya da olmasın, ben döşemeleri yine de fırçalayacağım. Hem de hemen. Beni engellemeye kalkacak olanın vay haline! Hadi bakalım, siz şu masanın üzerine oturun da ayağıma dolaşmayın."

Tommy ve Annika uysalca masanın üzerine çıktılar. Bay Nilsson da masanın üzerine zıplayıp, uyumak için Annika'nın kucağına yerleşti.

Pippi büyük bir tencerede su kaynattı. Sonra tencereyi kaptığı gibi yere boca etti. Ardından, kocaman ayakkabılarını çıkarıp ekmek sepetinin içine koydu. Çıplak ayaklarına birer yer fırçası bağladı ve mutfak döşemesinin üzerinde, buz pateni yapar gibi suları sıçratarak kaymaya başladı.

Çocuklar bir süre yürüdükten sonra huş ağaçları ve çalıların arasından kıvrılan bir patikaya saptılar. Çok geçmeden bir çit kapısına geldiler. Çitlerin gerisindeki otlak harika görünüyordu ama çit kapısının önünde bir inek vardı. Ve inek kımıldamaya hiç de niyetli görünmüyordu. Annika ona seslendi, Tommy büyük bir cesaretle üzerine gidip onu kovalamaya çalıştı ama inek bir santim bile kımıldamadı, kocaman gözlerini çocukların üzerine dikip boş boş bakmakla yetindi. En sonunda Pippi harekete geçti. Sepeti yere bıraktı ve gidip ineği kaldırdığı gibi bir kenara koydu. Şaşıran inek hantal bir yürüyüşle çalıların arasında kayboldu.

"Şu inekler de keçi gibi inatçı oluyor," dedi Pippi. Ve bir sıçrayışta çiti aştı. "Bunun sonu nereye varır? Ya keçiler de inek gibi olursa! Düşünmesi bile korkunç!"

"Ne harika bir yer!" diye bağırdı Annika. Ve gördüğü her taşın üzerine çıkıp indi. Tommy, Pippi'nin verdiği bıçağı yanına almıştı, bununla kendine ve Annika'ya, yürürken baston gibi kullanmak üzere iki sopa kesti. Birazcık parmağını da kesmişti ama o kadar önemli değildi.

"Biraz mantar toplasak hiç fena olmaz," dedi Pippi. Ve eğilip güzel, kırmızı bir sinekmantarı kopardı. "Bu yenir mi acaba? En azından içilmeyeceği kesin. Demek ki yemek dışında bir seçeneğimiz yok. Belki yenir!"

Mantardan kocaman bir parça ısırıp yuttu.

"Fena değil," dedi memnuniyetle, "ama şu toplama işini başka zaman yaparız." Mantarı ağaçların tepesine fırlattı.

"Sepette ne var Pippi?" diye sordu Annika. "Yiyecek iyi bir şeyler var mı?"

"Bir milyon lira bile versen söylemem," dedi Pippi. "Önce sofra kurmak için iyi bir yer bulalım."

Çocuklar hemen böyle bir yer aramaya başladılar. Annika sofra kurmak için uygun olduğunu düşündüğü kocaman, düz bir taş buldu. Üzerinde bir sürü kırmızı karınca vardı.

"Ben bunları tanımıyorum, tanımadıklarımla birlikte oturmam," dedi Pippi.

"Üstelik fena ısırıyorlar," dedi Tommy.

"Öyle mi?" dedi Pippi. "O zaman sen de onları ısır!"

Tommy çalıların arasında açıklık bir alan buldu. Buranın piknik için uygun bir yer olduğunu düşünüyordu.

"Cık, burası çillerimin serpilmesini sağlayacak kadar güneşli değil," diye itiraz etti Pippi, "oysa ben çillerimin bana yakıştığını düşünüyorum."

Biraz ileride küçük, kayalık bir tepe gördüler, piknik için uygun ve tırmanması kolay bir tepeydi. Ayrıca tepenin üzerinde balkona benzer bir çıkıntı vardı. Üzeri de güneşliydi. Çıkıp oraya oturdular.

"Ben sofrayı hazırlarken gözlerinizi yumun," dedi Pippi. Tommy ve Annika gözlerini sımsıkı yumdular. Pippi'nin

"Duyuyor musunuz, ben yürürken nasıl ses çıkıyor," diye güldü Pippi. "Elbisem 'hış hış,' ayakkabım 'foş foş' diyor. Çok eğlenceli. Bence sen de denemelisin," dedi Annika'ya. Annika dalgalı ipek gibi saçları, pembe elbisesi ve küçük, beyaz deri ayakkabılarıyla çok şıktı.

"Başka bir zaman denerim," diye geçiştirdi Annika.

Ve yollarına devam ettiler.

"Şu Bay Nilsson'a kızmakta çok haklıyım," dedi Pippi. "Hep böyle yapıyor. Bir keresinde Endonezya'ya gittiğimizde de Surabaya'da kaçmış, dul bir kadının yanında hizmetçilik etmeye başlamıştı." Biraz durduktan sonra, "Son söylediğime inanmamışınızdır umarım," dedi.

Tommy ayrılıp farklı yönleri aramalarını önerdi. Annika yalnız başına kalmaktan korktuğu için, ilk başta itiraz edecek oldu ama Tommy, "Bu kadar ödlek değilsindir herhalde," deyince daha fazla karşı koyamadı. Annika bu tür iğnelemelere dayanamazdı. Ve çocuklar farklı yönlere dağılarak Bay Nilsson'u aramaya koyuldular.

Tommy çayırlık bir alandan geçen yola girmişti. Bay Nilsson'u bulamadı ama başka bir şey buldu. Bir boğa! Aslında o boğayı değil, boğa onu bulmuş, üstelik Tommy'den hiç hoşlanmamıştı. Çok öfkeliydi ve öyle çocuksever bir boğaya da benzemiyordu. Başını önüne eğip hiç de hoş olmayan bir böğürmeyle saldırıya geçti. Tommy öyle bir çığlık attı ki, yer gök inledi. Bu çığlığı Pippi ve Annika da duymuştu elbette. Çığlığın sebebini öğrenmek için hemen koştular. Bu sırada boğa çoktan hedefine ulaşmış, Tommy'yi boynuzlarıyla yakalayıp havaya fırlatmıştı.

"Ne anlayışsız bir hayvan," dedi Pippi ağlamaya başlayan Annika'ya. "Bak Tommy'nin denizci kostümünü kirletti. Şimdi gidip şu boğaya saygılı olmayı öğreteceğim."

Dediğini yaptı. Koşup boğanın kuyruğunu sertçe çekti.

"Rahatsız ettiğim için özür dilerim," dedi Pippi. Boğanın kuyruğunu öyle bir çekmişti ki, boğa öfkeyle döndü ve karşısında boynuzlarına layık yeni bir çocuk gördü.

"Dediğim gibi, rahatsız ettiğim için özür dilerim," dedi yeniden. "Ayrıca bunun için de," diye ekledi ve boğanın bir boynuzunu tutup kırdı. "Bu senenin modası iki boynuz değil. Bu sene boğalar tek boynuzla dolaşıyor. Tabii boynuzları varsa!" dedi ve boğanın öteki boynuzunu da kırdı.

Hayvanların boynuzlarında his olmadığı için, boğa boynuzlarını kaybettiğini anlamamıştı. Pippi'ye sıkı bir tos vurdu. Eğer bu darbeyi Pippi'den başka biri almış olsaydı kesin pestili çıkmıştı.

"Hah hah ha, beni gıdıklamayı bırak," dedi Pippi. "Ne kadar çok gıdıklandığımı tahmin bile edemezsin. Hah hah ha, dur, dur, beni gülmekten öldüreceksin!"

Geri de kalmaz şarkılar söylemekten
Hey hey hey
Haydi çocuklar tembellik etmeyin evlerinizde
Koşun şarkılar söyleyerek, siz de katılın bize
Şarkılarımız tepeleri aşıyor
Neşeyle çınlayıp kırları dolaşıyor
Yazın güneşli günlerinde
Şarkılar söyleyerek dolaşırız el ele.
Hey hey hey

Pippi de bir şarkı söyledi ama onun şarkısı farklıydı:

Güneşli günlerinde yazın
Kırlarda ve ormanda dolaşırım
Hışır hışır eder ıslak elbiselerim
Ben canım ne çekerse onu yaparım
İster inanın ister inanmayın ama
Kulak verin hış fış diyen ayakkabılarıma
Çünkü ıslak onlar
İnek olmuş boğalar
Ve ben bulamaç severim
Buldum mu oturur yerim.
Güneşli günlerinde yazın
Hış fış eder ayakkabılarım.

Pippi Sirke Gidiyor

Küçük şehre sirk gelmişti. Bütün çocuklar hemen anne ve babalarına koşup sirke gitmek için para istemeye başlamıştı. Tommy ve Annika da öyle yaptılar. İyi kalpli babaları onlara biraz para verdi.

Paralarını alıp hemen Pippi'ye koştular. Pippi verandada, atının yanındaydı. Atın kuyruğuna küçük örgüler yapıp, onu kırmızı fiyonklarla süslüyordu.

"Sanırım bugün atımın doğum günü," dedi Pippi, "ben de onu süslüyorum."

"Pippi," dedi Tommy soluyarak, çok hızlı koştuğu için nefes nefese kalmıştı. "Pippi, sirke gitmek istermisin?"

"Nereye istersem giderim," dedi Pippi, "ama sirke gitmek ister miyim, bilmem. Çünkü sirkin ne olduğunu bilmiyorum. Acıtır mı?"

"Deli misin?" dedi Tommy. "Hiç acıtmaz! Çok eğlencelidir! Atlar, palyaçolar, ip üzerinde yürüyen güzel kadınlar!"

"Ama parayla," dedi Annika. Ve avcunu açıp iki buçuk lirasını kontrol etti.

gürültülü bir marş çalmaya başladılar. Pippi sevinçle ellerini çırpmaya başladı, oturduğu yerde hoplayıp zıplıyordu. "Bunu dinlemek de parayla mı, yoksa bedava dinleyebiliyor muyuz?" diye sordu.

Tam o anda, sirk artistlerinin sahneye çıktığı yerdeki perde aralandı ve bir elinde kırbaç olan, siyah fraklı sirk yöneticisi koşarak gösteri alanına girdi. Arkasında da başları kırmızı tüylerle süslenmiş, on tane beyaz at vardı.

Sirk yöneticisi elindeki kırbacı şaklatınca atlar alanın etrafında dönmeye başladı. Kırbacı ikinci defa şaklattığında atlar şaha kalkarak ön ayaklarını meydanı çevreleyen bariyerlerin üzerine koydular. Atlardan biri tam Tommy, Annika ve Pippi'nin oturduğu yerin önünde durmuştu. Annika atın onlara çok yakın durmasından ürktü ve sandalyesinde mümkün olduğunca geriye yaslandı. Pippi ise öne doğru eğildi ve atın ön ayaklarını tutup havaya kaldırdı.

"Merhabalar," dedi, "sana benim atımın selamını getirdim. Bugün onun da doğum günü ama onun başında değil, kuyruğunda süslemeler var..."

Neyse ki Pippi sirk yöneticisi kırbacını bir daha şaklatmadan önce atın ayaklarını bırakmıştı. Atlar tekrar koşmaya başladılar.

Gösterisi bittiğinde sirk yöneticisi eğilerek nazik bir şekilde geri çekildi, atlar da sahneden çıktı. Hemen arkasından perde yeniden aralandı, bu defa göz kamaştırıcı beyaz bir at alana girdi. Atın sırtında dimdik ayakta duran, yeşil ipek elbiseli, güzel bir kadın vardı. Program broşüründe bu kadının Bayan Karmensita olduğu yazıyordu.

At talaş serpilmiş meydanda dönüyor, Bayan Karmensita atın sırtında dimdik duruyordu. Birden bir şey oldu. At tam Pippi'nin oturduğu yerin önünden geçerken, havaya biri fırladı. Bu Pippi'den başkası değildi. Şimdi atın sırtında, Bayan Karmensita'nın arkasındaydı. Önce çok şaşıran Karmensita, neredeyse attan düşüyordu. Sonra şaşkınlığının yerini öfke aldı. Ellerini arkaya doğru sallayarak Pippi'yi attan indirmeye çalıştı ama başaramadı.

"Biraz sakin ol," dedi Pippi. "Yalnızca sen eğlenecek değilsin ya. Eğlenmek için biz de para ödedik!"

Bunun üzerine Bayan Karmensita attan inmeye çalıştı ama bunu da başaramadı. Çünkü Pippi kollarını sıkıca onun beline dolamıştı. Sirkteki seyirciler kendilerini gülmekten alamadılar. Çok komik bir sahneydi: Güzel Bayan Karmensita, sirkle hiç ilgisi olmayan, koca ayakkabılı, kızıl saçlı küçük bir kızın esiri olmuştu.

Bir tek sirk yöneticisi gülmüyordu. Kırmızı giysili sirk bekçilerine, koşup atı durdurmaları için bir işaret verdi.

"Gösteri bitti mi? Ne çabuk!" dedi Pippi hayal kırıklığı içerisinde. "Tam da eğlenmeye başlamışken!"

ayakkabısı başının üzerinde bir çatı gibi duruyordu. Sonra ayağını biraz bükerek kulağının arkasını kaşıdı.

Sirk yöneticisi Pippi'nin gösteriye katılmasından hiç memnun olmamıştı. Ondan hemen kurtulmak istiyordu. Yavaşça ipin bağlı olduğu direklerden birinin yanına gidip ipi gergin tutan mekanizmanın kolunu çevirdi ve Pippi'nin düşeceğini umarak ipi gevşetti.

Ama Pippi düşmedi. İpe tutunup sallanmaya başladı. Gittikçe daha çok sallanıyordu, birden havada bir takla atıp sirk yöneticisinin omuzlarına kondu. Sirk yöneticisi, omuzlarında Pippi olduğu halde korkuyla kaçmaya başladı.

"Çok komik bir atım oldu!" dedi Pippi, "ama niçin yelen yok senin?"

Pippi artık Tommy ve Annika'nın yanına dönmeye karar vermişti. Sirk yöneticisinin omuzlarından indi ve gidip yerine oturdu. Yeni gösteri başlayabilirdi artık ama sirk yöneticisinin önce gidip bir bardak su içmesi ve saçlarını taraması gerekti. Sonunda meydana çıktı, izleyicilerin önünde eğildi ve:

"Bayağnlar bayğlar! Biğazdan bütün zamğanlağrın en büğğük muhizesi ile kağrşılağğşacaksığnız. Şimdiğğğye kağdar hiç kiğmsenğin sığrtığnı yeğre getiğğremediği Güçylü Adolf. İşte bayağnlar bayğlar, Güçylü Adolf geliyoğr!"

Sirk meydanına devasa bir adam girdi. Vücudunu saran

ten rengi bir giysi giymiş, beline leopar derisi sarmıştı.

Eğilip selam verdi, kendinden memnun bir hali vardı.

"Şu kağslağra biğr bağkın," dedi sirk yöneticisi ve Güçlü Adolf'un kolunu sıktı. Adolf'un her tarafı küçük tepeleri andıran kaslarla doluydu.

"Ve şiğmdi bayağnlar, bayğlar şiğmdi siğze hağrika bir tekilif yapağcağım! Ağranızdan kiğm Güyçlü Adolf'la güğreşmeyi göğğze alağğbiliğr? Kiğm dünyağğnın en güğçlü ağdamını yeneğbilir? Güyçlü Adolf'u yeğnecek oğğlana yüz liyğra vereyceğim, yüz liyğra. Bayağnlar, bayğlar! Buyğurun buğnu göğze ağlan vağr mı?"

Hiç kimse meydana çıkmadı.

"Ne dedi?" diye sordu Pippi. "Niçin Arapça konuşuyor?"

"O kocaman adamı pataklayacak olana yüz lira verecekmiş," dedi Tommy.

"Ben pataklarım," dedi Pippi, "ama yazık, çok iyi bir adama benziyor."

"Hadi canım, hayatta yapamazsın!" dedi Annika. "O dünyanın en güçlü adamı."

"En güçlü adamı, evet," dedi Pippi. "Ama ben de dünyanın en güçlü kızıyım, unutma."

Bu sırada Güçlü Adolf kalın bir demir çubuğu havaya kaldırdı ve ne kadar güçlü olduğunu göstermek için ortasından büktü.

kadar Güçlü Adolf tekrar yere devrilmişti. Pippi yanında durmuş, kalkmasını bekliyordu. Çok beklemesi gerekmedi. Müthiş bir çığlık atan Güçlü Adolf tekrar saldırıya geçti.

"Haydilum ve Hoydulum!" dedi Pippi.

Sirkteki bütün izleyiciler ayaklarını yere vurarak tempo tutuyordu. Şapkalarını havaya atıyor, "Haydi Pippi!" diye bağırıyorlardı.

Güçlü Adolf üçüncü kez koşarak Pippi'nin üzerine geldiğinde Pippi onu ellerinin üzerinde havaya kaldırdı ve meydanda dolaştırmaya başladı. Sonra sırtüstü yere yıktı ve üzerine çıkıp oturdu.

"Evet küçük adam, artık buna bir son verelim!" dedi.

"Tadı kaçtı."

"Yaşasın Pippi kazandı! Yaşasın Pippi kazandı!" diye bağırdı izleyiciler. Güçlü Adolf olabildiğince hızla ortadan kayboldu. Sirk yöneticisi Pippi'nin yanına gidip yüz lirayı vermek zorunda kaldı. Aslına bakılırsa para vermek bir yana, Pippi'yi çiğ çiğ yemeyi tercih ederdi.

"Buyğrun, küğçük hağnım," dedi, "yüz liyğra siğzin."

"Bu mu?" dedi Pippi küçümser bir edayla. "Bu kağıt parçasını ne yapayım? Sen bunu al da turşusunu kur."

Sonra da yerine döndü.

"Üff, şu sirk de amma uzadı," dedi Tommy ve Annika'ya, "ben şöyle biraz kestirsem fena olmaz. Yardım etmem gereken bir şey olursa beni uyandırın."

Sonra sandalyenin arkasına yaslandı ve hemen uyudu. Palyaçolar, kılıç yutanlar ve yılan terbiyecileri hünerlerini sergilerken Pippi horluyordu.

"Bence en iyisi Pippi'ydi," diye fısıldadı Tommy Annika'ya.

"Teşekkür etmenizi beklemiyorum!" diye bağırdı Pippi arkalarından. "Ama hiç değilse bir tik diyebilirdiniz. Sizin bir saat kadar bile kafanız yok. Yine de bir şey değil, güle güle!" dedi ve tekrar paralarına döndü.

Dışarı çıkan serseriler sevinçle ellerini ovuşturdular.

"Hiç bu kadar altın parayı bir arada gördün mü? Aman Tanrım!" dedi biri.

"Evet, bazen şans gülüyor insana," dedi diğeri. "Yapacağımız tek şey şu küçük kızla o Nilsson denen adam uyuya-

na kadar beklemek. Sonra içeri süzülür hepsini alırız."

Bahçedeki meşe ağaçlarından birinin altına oturup beklemeye başladılar. Hava yağmurluydu. Karınları da çok acıkmıştı, yani durumları hiç de iç açıcı sayılmazdı ama paraların hayaliyle neşelerini korudular.

Etraftaki evlerin ışıkları teker teker sönmeye başlamıştı ama Villa Villekulla'nın ışıkları hala yanıyordu. Çünkü Pippi İskoç dansı öğrenmeye çalışıyordu ve öğrenmeden de yatmaya niyeti yoktu. Sonunda Villa Villekulla'nın ışıkları da söndü.

Serseriler Bay Nilsson'un uyuduğundan iyice emin olmak için uzunca bir süre daha beklediler. Sonunda kapıları açmak için yanlarında taşıdıkları demirle mutfak kapısına yöneldiler. İçlerinden biri –adı Blom'du– tesadüfen kapıyı yokladı, kapı kilitli değildi.

"Bunlar deli mi ne?" diye fısıldadı arkadaşına. "Kapıyı kilitlememişler."

"Daha iyi ya," dedi, adı Şamatacı Karlsson olan.

Şamatacı Karlsson el fenerini yaktı ve mutfağa daldı, hiç kimse yoktu. Mutfağın yanındaki oda Pippi'nin yatak odasıydı. Bay Nilsson da orada yatıyordu.

Şamatacı Karlsson yatak odasının kapısını dikkatle açtı ve içeriye bir göz attı, sakin ve sessizdi. Fenerin ışığını şöyle bir dolaştırdı. Işık Pippi'nin yatağına düştüğünde iki ser-

"Ooo, lafı mı olur," dedi Pippi, "tabii ki itirazım yok!"

Bunun üzerine Blom dolabın üzerinden paraların olduğu çantayı aldı.

"Ama sanırım senin de onları geri almama bir itirazın yoktur, küçük arkadaşım," dedi Pippi. Yataktan kalkıp Blom'a yöneldi.

Blom nasıl olduğunu anlamadan çanta birden Pippi'nin eline geçmişti.

"Biz şaka yapmıyoruz," dedi Şamatacı Karlsson öfkeyle. "Çantayı derhal bana ver!"

Pippi'nin kolunu sertçe tutarak, ganimeti almak istedi.

"Amaan, burada şaka yapma, orada şaka yapma," diyen Pippi, Şamatacı Karlsson'u kaldırdığı gibi dolabın üzerine koydu. Bir dakika geçmeden Blom da onun yanında yerini almıştı. Bunun üzerine iki serseri korkuya kapıldılar. Pippi'nin öyle sıradan bir kız çocuğu olmadığını anlamışlardı ama altın paralarla dolu çanta öyle baştan çıkarıcıydı ki korkularını unuttular.

"Haydi Blom birlikte!" diye bağırdı Şamatacı Karlsson. Dolabın üzerinden atlayıp, para çantasını elinde tutan Pippi'nin üzerine çullandılar. Pippi işaretparmağı ile birer fiske vurarak her birini bir köşeye savurdu.

Ayağa kalkmalarına fırsat vermeden bir ip aldı ve göz açıp kapayıncaya kadar iki serserinin kollarını ve bacaklarını sıkıca bağladı.

"Lütfen, iyi kalpli kız," diye yalvardı Şamatacı Karlsson. "Bizi affet, şaka yaptık! Bize acı, biz yalnızca bir lokma ekmek istemek için gelen iki zavallı, yoksul gezginiz."

Blom bir damla gözyaşı bile döktü.

Pippi para çantasını tekrar dolaba yerleştirdikten sonra serserilere döndü.

"Aranızda İskoç dansı bilen var mı?" dedi.

"Şey..." dedi Şamatacı Karlsson, "sanırım ikimiz de dans edebiliriz."

"Aman ne harika!" diye ellerini çırptı Pippi. "Haydi o zaman, biraz dans edelim. Yalnız bak, ben daha acemiyim."

"Önemli değil," dedi Şamatacı Karlsson şaşkınlıkla.

Bunun üzerine Pippi bir makas alarak misafirlerinin hareket etmesini engelleyen ipleri kesti.

"Ama müziğimiz yok," dedi Pippi endişeyle. Neyse ki aklına bir fikir gelmişti.

"Tarağı üfleyerek müzik çalamaz mısın?" dedi Blom'a, Şamatacı Karlsson'u göstererek. "Ben de onunla dans ederim," diye ekledi.

Blom tabii ki tarakla müzik çalabilirdi. Çaldı da. Hatta öyle bir çaldı ki evi inletti. Bay Nilsson uyanıp yatağında oturmuş, Pippi ile Şamatacı Karlsson'un dönüp durmasını izliyordu. Pippi yaptığı işi çok ciddiye alıyor, ölüm kalım

matacı Karlsson da çaresiz ona eşlik ettiler.

Saat gecenin üçü olduğunda Pippi:

"Hey! Perşembe gününe kadar dans edebilirim ama belki siz yorulup acıkmışsınızdır."

Tam da öyleydi ama bunu söylemeye cesaret edemediler. Pippi erzak dolabından ekmek, peynir, yağ, salam, tütsülenmiş et ve süt çıkarttı. Sonra sanki yakın arkadaşlarmış gibi Blom, Şamatacı Karlsson ve Pippi masaya oturup yemeklerini yediler. Pippi bir kulağına biraz süt döktü.

"Kulak iltihaplanmasına iyi gelir," dedi.

"Vah zavallı, kulağında iltihap mı var?" dedi Blom.

"Cık," dedi Pippi, "olursa diye döktüm."

Sonunda iki gezgin ayağa kalktılar, yemek için teşekkür edip gitmek için izin istediler.

"Ne iyi ettiniz de geldiniz. Bu kadar erken gitmek zorunda mısınız?" dedi Pippi yakınarak.

"Senin gibi dans eden birine daha rastlamadım akide şekerim!" dedi Şamatacı Karlsson'a. Blom'a da "Tarak çalmayı öğrenmek için daha fazla çalışmalısın, çok çalışırsan dudakların gıdıklanmaz," dedi.

Onlar tam kapıya gitmişlerdi ki, Pippi koşarak geldi ve hırsızlara birer altın para verdi.

"Doğrusu bu paraları hak ettiniz," dedi.

Pippi Çay Partisinde

Tommy ve Annika'nın annesi arkadaşlarını çaya davet etmişti. Çok fazla kurabiye ve çörek yaptığını düşünerek Tommy ve Annika'ya arkadaşları Pippi'yi de çağırabileceklerini söyledi. Böylece çocuklar birlikte oynayacak, ayak altında dolaşmayacaklardı.

Tommy ve Annika, Pippi'yi davet edebileceklerini duyduklarında sevinçten havalara uçup hemen Pippi'ye koştular. Pippi eski ve paslı bir su kabıyla bahçede çiçeklerini suluyordu. O gece gökyüzü yağmur olup yere inmiş, şimdi de hafif hafif çiseliyordu. Tommy, Pippi'ye bu havada bahçe sulamanın gereksiz olduğunu anlatmaya çalıştı.

"Tamam öyle ama," dedi Pippi biraz kırgın, "ben dün akşam, sabah uyanıp çiçeklerimi sulayacağımın hayaliyle bütün bir geceyi uykusuz geçirdim. Birazcık yağmurun beni engellemesine izin veremem. Bunu yaz bir yere."

Annika güzel haberi vermek için öne çıktı ve onu çaya davet ettiklerini söyledi. "Çay partisi... ben miii?" diye bağırdı Pippi. O kadar heyecanlanmıştı ki gülleri sulamak yerine Tommy'yi suladı.

"Ah, nasıl olacak bu! Off, ne kadar heyecanlandım! Ya orada doğru düzgün davranamazsam?"

"Elbette davranırsın," dedi Annika.

"Bundan çok emin olma," dedi Pippi. "Bunun için çaba göstereceğime inanabilirsin ama çok kez insanların benim davranışlarımdan huzursuz olduklarını fark ettim. Hem de doğru düzgün davranmak için elimden geleni yaptığım halde. Biz denizlerde dolaşırken böyle şeylere aldırış etmezdik. Fakat bugün çok fazla çaba harcayacağıma söz veriyorum. Sizi utandırmayacağım!"

"Harika!" dedi Tommy ve iki kardeş yağmur altında evlerine döndüler.

"Öğleden sonra saat üçte!" diye bağırdı Annika, şemsiyesinin altından bakarak.

Settergrenlerin villasının merdivenlerinde tuhaf bir kız belirdi. Bu Pippi Uzunçorap'tı. Bu olağanüstü özel gün için kırmızı saçlarını çözmüş, aslan yelesi gibi başının iki yanına salmıştı. Dudaklarını kırmızı tebeşirle bir güzel boyamış, kaşlarını kömürle koyulaştırmıştı, kısacası korkunç bir görünümü vardı. Ayrıca kırmızı tebeşirle tırnaklarını da boyamış, ayakkabılarının üzerine kocaman yeşil kurdeleler bağlamıştı. Kapının zilini çalarken, "Sanırım bu davetin en şık hanımı ben olacağım," diye keyifle mırıldandı.

Settergrenlerin oturma odasında üç saygıdeğer hanım ile Tommy, Annika ve annesi vardı. Harika bir çay masası donatılmış, şömine yakılmıştı. Hanımlar sakince konuşuyor, Tommy ve Annika bir divana oturmuş fotoğraf albümüne bakıyorlardı. Odaya huzurlu bir hava hakimdi.

Ama birden o huzurlu hava dağıldı.

Sofadan "Tüfeeeeek omza!" diye kulak paralayıcı bir ses geldi ve arkasından, oturma odasının eşiğinde Pippi Uzunçorap göründü. Pippi, hiç beklemedikleri bir anda öyle bir bağırmıştı ki şık hanımlar yerlerinden hopladılar.

"Bölük ileri, MARŞ!" diye yeniden bağıran Pippi, uygun adımlarla salonun ortasına yürürdü.

"Bölük, DUR!" dedi ve durdu. Ardından:

"Kollar ileri, bir İKİ!" diye bağırdı. İki elini birden uzatıp Bayan Settergren'in bir elini tuttu ve hararetle salladı.

"Diz BÜK!" diye bağırdı ve zarif bir şekilde dizlerini büktü. Sonra gülümseyerek Bayan Settergren'e:

"Aslına bakılırsa ben çok utangaç biriyim, eğer kendime bu emirleri vermeseydim sofadan içeri adım atamazdım," dedi. Arkasından da aceleyle diğer bayanların yanına gidip onları tek tek yanaklarından öptü.

"Onur duydum, onur duydum," dedi. Daha önce nazik bir beyefendinin bir hanıma böyle dediğini duymuştu. Arkasından, gözüne kestirdiği en güzel koltuğa kuruldu. Bayan Settergren çocukların yukarıda, Tommy ve Annika'nın odasında oturacaklarını düşünmüştü ama Pippi kımıldayacak gibi değildi, dizlerini altına alıp koltuğa kurulmuştu. Masaya şöyle bir baktı:

"Doğrusu enfes bir sofra, ne zaman başlıyoruz?" Aynı anda hizmetçi Ella çay tepsisiyle içeri girdi ve Bayan Settergren "Buyurun!" diyerek misafirleri masaya davet etti.

"Birinç!" diye bağıran Pippi, iki sıçrayışta masanın yanında bitti. Ve sonra bir tabağa o kadar çok kurabiye ve çörek doldurdu ki, tabak tabak olalı bu kadar kurabiye ve çörekle dolmamıştı. Sonra kocaman bir su bardağının içine beş kesmeşeker attı ve porselen çay sürahisindeki çayın yarısını boşalttı. Arkasından da ganimetini alarak, daha bayanlar masaya bile ulaşamadan, koltuğuna geçip oturdu.

Pippi bacaklarını uzatıp tabağını iki ayak başparmağının üzerine yerleştirdi. Arkasından da, çayına batırdığı kurabiyeleri ağzına tıkıştırdı. Ağzı o kadar dolmuştu ki, ne kadar çabalarsa çabalasın ağzından tek bir sözcük bile çıkmıyordu. Tabağındaki kurabiye ve çörekleri kısa zamanda mideye indirdikten sonra ayağa kalktı, tabağını tef gibi çalarak masaya gidip başka kurabiye kalmış mı diye kontrol etti. Hanımlar ona kınayarak bakıyorlardı ama o bu bakışları fark etmiyordu.

Pippi keyifle mırıldanarak masanın etrafında döndü,

bulduğu kurabiye ve çörek parçalarını hızla atıştırdı.

"Beni davet etmeniz ne büyük bir incelik," dedi. "Daha önce hiç çay partisinde bulunmamıştım."

Masanın üzerinde kocaman bir kremalı pasta duruyordu, ortasında da renkli bir şekerleme vardı. Pippi ellerini arkasında kavuşturmuş, pastaya bakıyordu. Birden elleri arkasında olduğu halde eğilip şekerlemeyi ağzına aldı. Pastaya öyle bir hızla dalmıştı ki, başını kaldırdığında yüzü kremaya bulanmıştı.

"Hah hah ha!" diye güldü, "şimdi körebe oynayabiliriz! Haydi, ilk ebe benim. Hiçbir şey görmüyorum."

Sonra dilini dışarı çıkarıp, dudaklarının kenarındaki kremayı yaladı. Parmaklarıyla da gözkapaklarının üzerini temizleyip tekrar pastaya baktı.

"Off, pasta müthiş bir kaza geçirmiş!" dedi. "Ne olmuş buna? En iyisi yiyip bitireyim de kurtulsun zavallı."

Ve dediğini yaptı. Pasta tabağındaki pastayı aldı. Pippi'nin ağzıyla buluşan pasta bir anda yok oldu. Pippi keyifli bir ifadeyle karnını okşadı. Bayan Settergren mutfakta olduğundan, pastanın başına gelenlerden haberi yoktu. Öteki hanımlar kaşlarını çatmış, Pippi'ye bakıyorlardı. Herhalde onların da canı pasta çekmişti. Pippi hoşnutsuzluklarını görünce, onları teselli etmeye karar verdi.

"Böyle küçük bir kaza için bu kadar üzülmenize gerek

yok," dedi. "Önemli olan cana ziyan gelmesin. Ayrıca çay partilerinde neşeli olmak gerekir."

Sonra şekerliği aldı ve içindeki bütün şekerleri yere saçtı. "Eyvah! Şimdi ne olacak?" diye bağırdı. "Nasıl böyle bir yanlış yapabildim! Ben içinde tozşeker var sanıyordum. Yerde bir toz görmüştüm de üzerine dökeyim dedim ama kaza işte neylersin. Mademki yere tozşeker diye kesmeşeker döktüm, o zaman yapılacak tek şey, kesmeşekerleri tozşekere dönüştürmek."

Masada duran tozşekerliği aldı ve şekerleri yere saçtı.

"Ne tuhaf, tozşeker buymuş," dedi. "Eğer insan tozların üzerine dökmüyorsa, o zaman tozşekere ne gerek var, doğrusu bilmek isterdim," dedi.

Mutfaktan salona dönen Bayan Settergren yerlere saçılmış şekerleri görünce, Pippi'yi kolundan tuttuğu gibi Tommy ve Annika'nın yanına götürdü. Sonra hanımların yanına dönüp bardaklarına çay doldurdu. Pastanın ortadan kaybolmuş olmasına sevinmişti. Tadını çok beğendikleri için misafirlerinin hepsini yediğini düşündü.

Pippi, Tommy ve Annika oturdukları divanda sessizce konuşuyorlardı. Şöminedeki ateşten çıtırtılar geliyordu. Hanımlar çaylarını içiyorlardı. Tekrar o sakin, huzurlu ortama dönülmüş, kadınlar hizmetçilerini çekiştirmeye başlamışlardı. Bir türlü iyi hizmetçi bulamıyorlardı. Sonunda en iyisinin hizmetçi tutmamak olduğunda karar kıldılar. İşleri kendileri yapsalar çok daha iyi olacaktı. Hiç değilse neyin nasıl yapıldığından haberleri olurdu.

Pippi oturduğu yerden, konuşulanları duymuştu. Bayanlar konuşmaya bir an ara verdiklerinde:

"Anneannemin Malin adlı bir hizmetçisi vardı," diye söze girdi. "Ayağındaki yumruları saymazsak bir arızası yoktu. Tek sorunu yabancı birini gördüğünde koşup bacaklarını ısırmasıydı. Bir de bağırırdı ki! Ne bağırma! Bütün mahalle yerinden oynardı. Tabii o bütün bunları şaka niyetine yapardı ama onu tanımayanlar ne kadar şakacı olduğundan habersizdi. Bir cuma günü papazın yaşlı karısı anneannemi ziyarete gelmişti. O zamanlar Malin işe yeni başlamıştı. Kadının bacağına dişlerini geçirmesin mi, kadın öyle bir çığlık attı ki sormayın. Bu çığlıktan korkan Malin dişlerini öyle bir sıktı ki, bir daha çözemedi. Bütün bir gün dişleri kadının bacağına kenetli kaldı. O gün anneannem patateslerin kabuğunu kendi soymak zorunda kaldı. Bu işi çok iyi yapıyordu doğrusu. O kadar güzel soyuyordu ki, geriye patates diye bir şey kalmıyordu. Yalnızca kabuk! O cumadan sonra papazın karısı bir daha anneannemi ziyarete gelmedi. Malin'in şaka yaptığını anlayamamıştı. Malin işte böyle şakacı bir kadındı! Ama bazen çok alıngan olduğunu da söylemeliyim! Anneannem kulağına çatal soktuğunda bütün gün böğürüp durmuştu."

Pippi gülümseyerek kadınlara baktı.

"İşte Malin böyle bir kadındı," dedi ve ellerini kenetleyerek başparmaklarını birbirinin üzerinde çevirdi.

Kadınlar Pippi'nin anlattıklarını duymazlıktan gelerek konuşmaya devam ettiler.

"Benim Rosa hiç değilse temiz olsaydı," dedi Bayan Berggren, "belki o zaman yanımda tutabilirdim ama temizlik kim o kim. Bir domuz kadar pis."

"Siz asıl Malin'i görmeliydiniz," diye söze karıştı Pippi. "Malin öylesine pisti ki! Tam seyirlikti. İlk başta anneannem onun kara derili olduğunu düşünmüş ama yıkandığında karalığının kirden olduğu anlaşılmış. Bir gün bir kermeste, tırnak kiri yarışmasında birincilik almış. İşte böylesine pis biriydi," dedi Pippi sevinçle.

Bayan Settergren, Pippi'ye sert bir bakış fırlattı.

"Düşünebiliyor musunuz," dedi Bayan Granberg, "dün akşam benim Britta dışarı çıkarken, bana sorma gereği bile duymadan mavi ipek elbisemi giymişti! Bu terbiyesizliğin daniskası değil de ne?"

"Öyle mi?" dedi Pippi. "Anlaşılan, şu sizin Britta, bizim Malin'le aynı soydan. Anneannemin çok sevdiği pembe bir fanilası vardı. İşin kötüsü, o fanilayı Malin de çok seviyordu. Her sabah fanilayı kim giyecek diye itişip kakışıyorlardı. Sonunda bir gün birinin, ertesi gün diğerinin giymesi konusunda anlaştılar da böylece sorun çözüldü. Mızmızlıkta Malin'in üzerine yoktu. Arada bir, fanilayı giyme sırası onda olmamasına rağmen koşarak gelir, 'Eğer pembe yün fanilayı giymezsem, şalgam ezmesini unutun,' diye tehdit savururdu. Buyurun bakalım, en sevdiği yiyecek şalgam ezmesi olan zavallı anneannem ne yapsın? Çaresiz, fanilayı Malin'e verirdi, fanilayı alan Malin de uysalca mutfağa girip duvarlara sıçrata sıçrata şalgam ezmesi hazırlardı."

Bir süre sessizlik oldu. Sonra Bayan Alexandersson:

"Çok emin değilim ama Hulda'nın hırsızlık yaptığını sanıyorum," dedi. "Bazı şeylerin kaybolduğunu fark ettim."

"Malin..." diye başladı yine Pippi ama bu defa Bayan Settergren kararlı bir ifadeyle:

"Çocuklar derhal odanıza!" dedi.

"Tamam ama ben yalnızca Malin'in de hırsızlık yaptığını anlatacaktım," dedi Pippi. "Bir kuzgun gibiydi! Hızlı ve çabuk! Gecenin bir yarısı kalkıp bir şey çalmazsa, huzur içinde uyuyamıyordu. Bir gün anneannemin piyanosunu çalıp komodinin en üst çekmecesine tıkıştırmıştı. Anneannem onun elinin çok uzun olduğunu söylüyordu."

Tommy ve Annika, Pippi'yi kolundan tutup sürükleyerek merdivenlerden çıkardılar. Hanımların fincanlarına yeniden çay dolduran Bayan Settergren:

"Benim Ella'nın dedikodusunu yapmak istemem ama o da porselenleri kırıyor," dedi.

Merdivenlerin başındaki korkuluktan, tanıdık kırmızı bir kafa uzandı.

"Malin'den söz açılmışken," dedi Pippi, "belki porselenleri kırıp kırmadığını merak ediyorsunuzdur. Bunu yaptığını söylersem yalan olmaz! Malin haftanın bir gününü bu işe ayırmıştı! Salı günlerini. Her salı, sabahın beşinde mutfağa giren bu eşi bulunmaz hanımefendi, porselenleri kırmaya başlıyordu. İşe kahve fincanlarıyla başlıyor, sonra sıra bardaklara, ardından çukur tabaklara, daha sonra da düz tabaklara geliyor, bunları hallettikten sonra servis tabakları ve çorba kaselerini de kırarak işini bitiriyordu. Öğle saatine kadar mutfakta kıyamet kopuyordu, bunun çok şenlikli olduğunu söylüyordu anneannem. Eğer Malin mutfaktaki işini öğleden önce bitirir de boş vakti kalırsa, eline bir çekiç alıp oturma odasına geçiyor ve duvarlara asılı Doğu Hindistan'dan gelme antika tabakları yere indiriyordu. Anneannem her çarşamba yeni tabaklar alıyordu." Pippi sözlerini bitirdikten sonra gözden kayboldu.

Ama Bayan Settergren'in sabrı tükenmişti artık. Merdivenleri koşarak çıktı, çocukların odasına daldı ve Tommy'ye kafa üstü durmayı öğreten Pippi'nin üzerine gitti.

"Böyle davrandığın sürece bir daha asla bu eve gelemeyeceksin!" dedi.

Pippi şaşkınlıkla Bayan Settergren'e baktı ve gözpınarları yaşla doldu.

"Bunu anlamalıydım," dedi. "Uslu bir kız olamayacağımı! Ne kadar çabalasam da faydasız, asla başaramayacağım. Aslında denizleri hiç terk etmemeliydim."

Sonra Bayan Settergren'i dizlerini bükerek selamladı, Tommy ve Annika'ya hoşça kalın dedi ve ağır adımlarla merdivenlerden inmeye başladı.

Hanımlar da gitmek üzere kalkmışlardı. Pippi sofadaki ayakkabılığın önüne oturup, şapka ve paltolarını giyen kadınları seyretmeye başladı.

"Hizmetçilerinizden hoşlanmamanız ne acı," dedi. "Malin gibi bir hizmetçiniz olmalıydı! Anneannem hep onun gibi bir hizmetçinin olmadığını söylerdi. Hiç unutmam, bir Noel'de domuz kızartacaktı. Yemek kitabında domuz kızartmasının, kulaklarında kıvrılmış renkli kağıtlar ve ağzında bir elmayla servis edileceğini okumuş ama bunların domuzun üzerinde olacağını anlamamıştı.

"O Noel akşamı onu görmeliydiniz! Güzel servis elbiselerini giyinmiş, ağzına da kocaman bir elma almıştı. Anneannem, 'Sen tam bir domuzsun Malin!' dedi. Malin ağzı dolu olduğundan cevap verememiş, kulaklarına soktuğu kıvrılmış kağıtları aşağı yukarı oynatmakla yetinmişti. O gün bir sürü misafir gelmesine rağmen onları bacaklarından ısıramadı. Zavallı Malin'in Noel'i zehir olmuştu," dedi Pippi üzgün bir ifadeyle.

Hanımlar gitmeye hazırdılar. Bayan Settergren'e hoşça kal deyip çıktılar. Pippi koşarak Bayan Settergren'in yanına gitti ve "Doğru düzgün davranamadığım için beni affedin! Elveda!" diye fısıldadı.

Sonra kocaman şapkasını alarak hanımların arkasından koştu ama bahçe kapısında yolları ayrılıyordu. Pippi Villa Villekulla'ya, hanımlar da kendi yoluna gitti.

Hanımlar biraz uzaklaşmışlardı ki arkalarından soluk soluğa gelen birini duydular. Pippi koşarak yaklaşıyordu.

"Anneannemin Malin'i kaybettiğinde üzüldüğünü bilmelisiniz," dedi nefes nefese. "Bir salı sabahı bir düzine çay fincanını kırdıktan sonra Malin evden kaçıp denizlere açıldı. O günden sonra porselenleri anneannem kendisi kırmak zorunda kaldı. Buna alışkın değildi, zavallının elleri su topladı. Malin bir daha dönmedi. 'Böylesine eşsiz bir hizmetçiye yazık oldu,' derdi anneannem."

Pippi bunları dedi ve gitti. Hanımlar da yollarına devam ettiler. Birkaç yüz metre gitmişlerdi ki, Pippi'nin sesini duydular. Avazı çıktığı kadar bağırıyordu:

"MALİN YATAK ALTLARINI HİÇ SÜPÜRMEZDİ!"

Pippi Hayat Kurtarıyor

Bir pazar öğleden sonrasıydı. Pippi oturmuş ne yapacağını düşünüyordu. Tommy ve Annika, anne ve babalarıyla birlikte çay partisine gittiklerinden, ziyaretçi de beklemiyordu.

O saate kadar hoşça vakit geçirmişti. Erkenden kalkmış, Bay Nilsson'un yatağına meyve suyu ve kurabiye servisi yapmıştı. Açık mavi bir gecelik giymiş Bay Nilsson, iki eliyle bardağı tutup meyve suyunu içerken çok şirin görünüyordu. Sonra atın yemini vermiş, tımar etmiş ve ona uzun uzun denizlerde başından geçen maceraları anlatmıştı. Ardından, salona gidip duvar kağıdının üzerine büyük bir resim yapmıştı. Kırmızı elbiseli, siyah şapkalı şişko bir kadın resmiydi bu. Bir elinde sarı bir çiçek, diğerinde ölü bir fare tutuyordu. Pippi resmi çok beğenmişti. Odaya ayrı bir hava vermişti. Sonra çekmeceli dolabının yanına çöküp kuş yumurtalarına ve deniz kabuklarına bakmıştı.

Onlara bakarken, babasıyla birlikte onları topladığı bütün o harika yerleri ve çekmecelerinde sakladığı bütün o

SİY
KIR

güzel şeyleri aldığı, dünyanın dört bir yanındaki dükkanları düşünmüştü. Arkasından Bay Nilsson'a İskoç dansı öğretmeye çalışmış ama Bay Nilsson öğrenmek istememişti. Bir süre 'acaba ata mı öğretsem' diye düşünmüşse de, sonra nasıl olduysa odun sandığına girip kapağı üzerine kapamıştı. Sardalye konservesinde sardalyecilik oynamaya karar vermişti. Keşke Tommy ve Annika da burada olup sardalyecilik oynasalardı diye düşünmüş ve yanında olmamaları canını sıkmıştı.

Hava kararıyordu. Pippi patates burnunu cama dayamış, kararan gökyüzünü seyrediyordu. Birden aklına uzun zamandır atla gezintiye çıkmadığı geldi ve bunu hemen şimdi yapmaya karar verdi. Bir pazar günü için harika bir bitiş olacaktı.

Kocaman şapkasını başına taktı, bir köşeye oturmuş yuvarlak taşlarla oynayan Bay Nilsson'u alıp omzuna koydu. Atı eyerledi ve kaldırarak verandadan yere indirdi. Ve sonra yola koyuldular. Bay Nilsson Pippi'nin, Pippi de atın üzerindeydi.

Hava çok soğuktu ve yollar donmuştu. Atın ayaklarını bastığı yerlerden çatırtılar geliyordu. Pippi'nin omzunda oturan Bay Nilsson, geçtikleri yerlerdeki ağaç dallarını tutmaya çalışıyordu ama Pippi atı öyle hızlı sürüyordu ki, Bay Nilsson hiçbir ağaç dalını tutamıyordu. Kulakları uğulduyor, hasır şapkasını tutmakta zorlanıyordu.

Pippi küçük şehrin ortasından sürüyordu atını. Onu gören insanlar endişeyle evlerin duvarlarına yapışıyordu.

Diğer bütün şehirler gibi bu küçük şehrin de bir meydanı vardı. Bu meydan sarıya boyalı belediye sarayı ve bir sürü tek katlı güzel binayla kuşatılmıştı. Tabii bir de yeni yapılmış, büyük, çirkin bir bina vardı. Üç katlı olan bu binaya, şehrin diğer bütün binalarından daha yüksek olduğu için "Gökdelen" deniyordu.

Şehre bir pazar gününün sessizliği hakimdi. Birdenbire bu sessizliği yırtan bir çığlık duyuldu:

"Gökdelen'de yangın var! Yangın! Yangın!"

Her köşeden koşarak insanlar gelmeye başladı. Bir itfaiye arabası sirenlerini öttürerek meydana geliyordu. Normalde itfaiye arabası seyretmeyi seven şehrin çocukları, şimdi kendi evleri de yanacak korkusuyla ağlıyorlardı. Gökdelen'in etrafında büyük bir kalabalık toplanmıştı, polis itfaiye arabası yaklaşabilsin diye kalabalığı binadan uzaklaştırmaya çalışıyordu. Gökdelen'in pencerelerinden alevler çıkmaya başlamış, kahramanca yangını söndürmeye çalışan itfaiye erlerinin üzerine kıvılcımlar yağıyordu.

Yangın alt katta başlamış ve hızla üst katlara yayılmıştı. Kalabalık birden gördüğü bir şeyle dehşete kapıldı. Binanın en üstünde bir çatı katı vardı. Bu katın penceresi açılmış ve iki küçük çocuk "imdat" diye bağırmaya başlamıştı.

"Dışarı çıkamıyoruz, biri merdivende kocaman bir ateş yakmış!" diye bağırdı büyük olanı.

Bu beş yaşında bir çocuktu ve kardeşi ondan çok daha küçüktü. Anneleri bir iş için dışarı çıktığından evde yalnızdılar. Meydandakilerin çoğu ağlamaya başladı. İtfaiye şefi de çok endişeliydi. İtfaiye arabasının merdiveni vardı ama oraya kadar yetişmiyordu. Binaya girip çocukları çıkarmak da imkansızdı. Zavallılar pencerede durmuş ağlıyorlardı. Alevlerin çatı katına ulaşması an meselesiydi.

Pippi kalabalığın ortasında, atının üzerindeydi. İtfaiye arabasını ilgiyle izliyor, acaba bundan ben de bir tane alsam mı diye düşünüyordu. Kırmızı olduğu ve sokaklardan geçerken çok ses çıkardığı için bu arabayı pek sevmişti. Sonra başını, çatırdayarak yanan eve çevirdi. Üzerine kıvılcımlar yağması hoşuna gitmişti.

Çok geçmeden çatı katındaki çocuklar dikkatini çekti. Şaşkınlıkla onların alevlerden pek de hoşlanmadıklarını fark etti. Onun bildiği ateşlerden çok daha farklıydı bu. Niye böyle olduğunu pek anlayamamıştı, sonunda etrafındakilere sormaya karar verdi:

"Bu çocuklar niye bağırıyorlar?"

Önce hıçkırıklar duydu, sonra şişman bir bey:

"Sence niye bağırıyorlar? Eğer onların yerinde sen olsaydın da aşağı inemeseydin bağırmaz mıydın?" dedi.

"Ben bağırmam," dedi Pippi, "ama o çocuklar gerçekten de aşağı inmek istiyorlarsa, niçin kimse yardımcı olmuyor?"

"Çünkü bu imkansız da ondan," dedi şişman bey.

Pippi bir süre düşündükten sonra, "Uzun bir ip bulabilir misiniz?" diye sordu.

"Bunun ne yararı olur ki?" dedi şişman bey. "Çocuklar iple aşağı inemeyecek kadar küçükler. Hem ipi onlara nasıl vereceksin?"

"Ohoo, biz denizlerde yelken açtık herhalde," dedi Pippi sakince. "Bana bir ip bulun."

Hiç kimse bunun bir işe yarayacağına inanmıyordu ama nasıl olduysa Pippi'nin eline bir ip geçti.

Gökdelen'in önünde uzun bir ağaç vardı. Ağacın dalları neredeyse çatı katının pencerelerinin hizasındaydı ama pencereye en yakın dalla pencerenin arasında neredeyse üç metre mesafe vardı. Ağacın gövdesi dümdüzdü ve üzerinde tırmanmayı kolaylaştıracak tek bir dal bile yoktu. Pippi bile o ağaca tırmanamazdı.

Yangın gittikçe büyüyor, çatı katındaki çocuklar bağırıyor, meydandakiler ağlıyordu.

Pippi attan inip ağacın yanına gitti. Elindeki ipi Bay Nilsson'un kuyruğuna bağladı.

"Şimdi Pippi'nin uslu çocuğu olacaksın," dedi. Ve Bay Nilsson'u ağacın gövdesine koydu ve poposuna haif bir şaplak attı. Bay Nilsson ne yapacağını çok iyi anlamıştı. Hemen ağaca tırmandı. Bu, küçük bir maymun için hiç de zor değildi.

Meydandaki herkes nefesini tutmuş Bay Nilsson'u izliyordu. Bay Nilsson çok geçmeden ağacın tepesine tırmandı. Bir dala oturup Pippi'ye bakmaya başladı. Pippi aşağı inmesini işaret etti. Bay Nilsson bu defa oturduğu dalın öteki tarafından aşağı indi. Böylece ip ağacın üzerinden sarkıtılmış oldu.

"Aferin Bay Nilsson, sen o kadar akıllısın ki, dilersen profesör bile olabilirsin," dedi Pippi ve ipin Bay Nilsson'un kuyruğuna bağlı ucunu çözdü.

Gökdelen'in hemen yakınındaki bir evde onarım vardı. Pippi oraya koştu ve uzunca bir kalas alarak geldi. Kalası koltuğunun altına kıstırıp ağacın yanına koştu. Sonra ipe tutunarak ağaca tırmanmaya koyuldu. Herkes öyle şaşkındı ki ağlamayı bile kesmişlerdi. Pippi ağacın tepesine çıktıktan sonra kalası kalın bir dalın üzerine koyup yavaş yavaş çatı katının penceresine doğru uzatmaya başladı. Sonunda ağaçla pencere arasında bir köprü kurmayı başarmıştı. Meydandaki insanlardan çıt çıkmıyordu, heyecandan nefesleri kesilmişti. Pippi kalasın üzerine çıktı.

Çocuklara bakıp gülümsedi.

"Niye bu kadar üzgünsünüz?" dedi. "Yoksa karnınız mı ağrıyor?"

Sonra kalasın üzerinden koşarak geçti ve çatı katının penceresinden içeri girdi.

"Burası da amma sıcakmış," dedi. "Bugün daha fazla ateş yakmanıza gerek yok, inanın, yarın da ocağa en fazla dört küçük dal atsanız yeter."

Sonra her bir çocuğu bir koltuğunun altına alıp tekrar kalasın üzerine çıktı.

"Şimdi biraz eğleneceğiz," dedi. "İp üzerinde yürümek gibi bir şey bu."

Kalasın ortasına geldiğinde sirkte yaptığı gibi bir ayağını havaya kaldırdı. Bunun üzerine meydandaki kalabalıktan bir uğultu yükseldi. Pippi ayakkabısının tekini aşağıya düşürdüğünde, meydandaki yaşlılardan birkaçı bayıldı. Sonunda Pippi çocuklarla birlikte ağaca ulaştığında meydandakilerden öyle bir alkış yükseldi ki, gecenin karanlığında çınlayarak ateşin çatırtısını bastırdı.

Sonra Pippi ipi yukarı çekip bir ucunu sağlam bir dala bağladı. İpin diğer ucunu da çocuklardan birinin beline bağladı ve çocuğu aşağıda mutluluktan çıldırmış halde bekleyen annesine doğru dikkatle sarkıtmaya başladı. Çocuk aşağı iner inmez annesi gözyaşları içinde onu kucakladı. Pippi yukarıdan bağırdı:

"İpi çocuğun belinden çözsenize! Burada bir tane daha var ve uçmayı bilmiyor."

Halk annenin çocuğun belindeki ipi çözmesine yardımcı oldu. Pippi sağlam düğüm atardı! Bunu denizlerdeyken öğrenmişti. Pippi ipi tekrar yukarı çekti. Şimdi ikinci çocuğu aşağı sarkıtacaktı.

Pippi ağacın tepesinde yalnız kalınca, hemen kalasın üzerine koştu. Bütün başlar onun ne yaptığını görmek için merakla yukarı çevrilmişti. Pippi dar kalasın üzerinde dans ediyordu. Kollarını kanat çırpar gibi kaldırıp indiriyor ve kısık sesle şarkı söylüyordu. Aşağıdakiler onun şarkısını güçlükle duyuyorlardı.

Bir ateş yanıyor
Parlak bir ateş
Binlerce çelengin ortasında
Yanıyor senin için
Yanıyor benim için
Dans eden herkes için!

Sesi gittikçe yükseliyor ve hızlı, daha hızlı dans ediyordu. Meydandakilerin çoğu dehşetle gözlerini kapamışlardı. Pippi'nin düşüp yaralanacağından korkuyorlardı. Çatı katının penceresinden fışkıran alevlerin ışığında Pippi çok net görünüyordu. Kollarını gökyüzüne kaldırmıştı, üzerine kıvılcımlar yağarken bağırdı:

"Ne hoş, ne hoş, ne hoş bir ateş!"

Sonra birden ipe atladı.

"Heyooo," diye bağırıp yıldırım hızında aşağı indi.

İtfaiye şefi "Pippi Uzunçorap için dört defa," diye komut verdi.

Meydandaki herkes, "Sağol, sağol, sağol, sağol!" diye bağırdı. Beşinci bir "Sağol!" daha duyuldu. Bu Pippi'nin sesiydi.

Pippi Doğum Gününü Kutluyor

Tommy ve Annika bir gün posta kutularında bir mektup buldular.

"TMMY Vİ ANIKAYA" yazıyordu zarfın üzerinde.

Zarfın içinde bir kart vardı. Üzerinde şunlar yazılıydı:

"TMMY LE ANIKA YAYIN ÖLEDN SONYA DOMGÜNÜ PATİSNE GEL. GİYSİ: NE İSTESENZ"

Tommy ve Annika o kadar sevindiler ki, hoplayıp zıplayarak dans ettiler. Karttaki yazı çok tuhaf olsa da ne dediğini anlamışlardı. Pippi bunları yazarken müthiş zorlanmıştı. Okula gittiğinde "i" harfini bile tanıyamamıştı ama yine de biraz yazabiliyordu. Denizlerde dolaştığı günlerde, babasının gemisindeki tayfalardan biri kimi akşamlar Pippi'ye yazmayı öğretmeye çalışırdı. Ne yazık ki Pippi pek de sabırlı bir öğrenci değildi.

"Hayır Fridof –tayfanın adı buydu– boşver bunları, ben geminin direğine tırmanıp yarın sabah havanın nasıl olacağına bakacağım," diyerek ders çalışmaktan kaçmıştı Pippi.

İşte bu yüzden, yazısının bu kadar kötü olmasına şaş-

mamak gerekti. Tommy ve Annika'ya davetiye yazmak için bütün gece uğraşmıştı. Hava aydınlanıp Villa Villekulla'nın çatısındaki yıldızlar sönmeye yüz tuttuğunda ancak bitirebilmişti yazma işini. Sonra, yazdığı davetiyeyi bir zarfa koymuş, ayak parmaklarının ucuna basarak Tommy ve Annika'nın villasına gitmiş ve zarfı posta kutusuna atmıştı.

Tommy ve Annika okuldan gelir gelmez davet için hazırlanmaya başlamışlardı.

Annika annesinden saçlarını kıvırmasını rica etmişti. Annesi saçlarını kıvırmış ve pembe ipek bir kurdele bağlamıştı. Tommy dümdüz dursun diye saçını ıslatarak taramıştı. Saçlarının kıvır kıvır olmasını istemiyordu. Daha sonra, Annika en güzel elbisesini giymek istemiş ama annesi buna itiraz etmişti. Çünkü Annika ne zaman Pippi'ye gitse üstü başı darmadağın dönüyordu. Bu yüzden Annika ikinci en güzel elbisesini giyebilmişti. Tommy ne giyeceğiyle çok fazla ilgilenmiyordu, düzgün olsun yeterdi.

Pippi'ye bir hediye de almışlardı elbette. Bunun için kumbaralarındaki paralarını boşaltmış ve okuldan eve dönerken oyuncakçı dükkanına koşup çok güzel bir... neyse, ne aldıkları şimdilik gizli kalsın, bir hediye almışlardı. Yeşil bir kağıda sarılıp kırmızı kurdeleyle bağlanmış olan hediye paketi bir köşede duruyordu. Tommy ve Annika hazırlanır hazırlanmaz yola düştüler. Anneleri elbiselerini kirletmemeleri için arkalarından tembih etti. Paketi birazcık Annika da taşıyabilecekti ama Pippi'ye verirken ikisinin birer ucundan tutacağı konusunda anlaşmışlardı.

Aylardan kasımdı, hava erken kararmaya başlamıştı. Tommy ve Annika Villa Villekulla'nın bahçesinden içeri girince el ele tutuştular çünkü bahçe çok karanlıktı, yapraklarını dökmüş yaşlı ağaçların dallarında ürkütücü bir rüzgar uğulduyordu. "Tam sonbahar," dedi Tommy. Villa Villekulla'nın pencerelerindeki ışığı görünce, doğum günü partisine geldikleri akıllarına geldi ve neşelendiler.

Normalde mutfak kapısından içeri girerlerdi ama şimdi ana kapıya yöneldiler. At verandada değildi. Tommy kapıya kibarca vurdu. İçeriden boğuk bir ses duyuldu.

"Bu karanlık gecede
Kim çalıyor kapımı
Bir hayalet mi, yoksa
Bir küçük, yoksul fare mi?"

"Hayır Pippi, biziz!" diye bağırdı Annika. "Aç kapıyı!"

Pippi kapıyı açtı.

"Aşkolsun Pippi, niçin 'hayalet mi?' dedin ki, ödümü kopardın," dedi Annika, Pippi'nin doğum gününü kutlamayı unutarak.

Pippi içten bir kahkaha attı ve onları mutfağa davet etti. Ah, sıcak, aydınlık bir yere girmek ne hoştu! Evdeki en güzel oda olduğundan, doğum günü partisi mutfakta yapılacaktı. Alt katta yalnızca iki oda vardı. Bunlardan biri, içinde yalnızca bir mobilyanın bulunduğu oturma odası, diğeri de Pippi'nin yatak odasıydı. Mutfak ise büyük ve ferahtı. Pippi odayı güzelce düzenlemişti. Yere kilimler sermiş, masanın üzerine yeni bir örtü yaymıştı. Örtünün tuhaf çiçek motiflerini kendi elleriyle işlemişti. Bu çiçeklerin Hindistan'da yetiştiğini iddia edince tuhaflıklarının nedeni anlaşıldı. Perdeler çekilmişti, ocakta ateş çıtırdıyordu. Bay Nilsson odun sandığının üzerine oturmuş, iki tencere kapağını birbirine vuruyordu. At da uzak bir köşedeydi. Doğum günü partisine o da davetliydi elbette.

Sonunda Tommy ve Annika, Pippi'yi tebrik etmeyi akıllarına getirebildiler. Tommy başıyla selam verirken, Annika dizlerini büktü. Yeşil hediye paketini birlikte tutarak Pippi'ye uzattılar. "Mutlu yıllar Pippi!"

Pippi teşekkür etti ve paketi aceleyle açtı.

Paketin içinde küçük bir müzik kutusu vardı! Pippi sevinçten havalara uçtu. Tommy ve Annika'nın sırtlarına okşarcasına vurdu, müzik kutusunu ve tabii yeşil paket kağıdını öpüp okşadı. Sonra müzik kutusunun kurma kolunu çevirerek kurdu. Bir sürü ding dong'dan sonra harika bir melodi duyuldu.

Pippi müzik kutusunun kurma kolunu çevirdi de çevirdi. Her şeyi unutmuş gibiydi. Birden aklına bir şey geldi.

"Canlarım," dedi, "şimdi siz de doğum günü hediyelerinizi alacaksınız."

"Ama bizim doğum günümüz değil ki," dedi Tommy ve Annika.

Pippi şaşkınlıkla onlara baktı.

"Eee ama ben doğum günü hediyemi aldım ya," dedi. "Ben de size hediye verebilirim herhalde? Yoksa o ders kitaplarınızın bir yerinde doğum günü hediyesi alamayacağınız mı yazıyor? Yoksa çarpık tablosu sizi çarpar mı?"

"Hayır, tabii ki alabiliriz," dedi Tommy. "Kurallara ters düşse de ben bir hediyeye hayır demem."

"Ben de," dedi Annika.

Bunun üzerine Pippi oturma odasına koştu ve çekmeceli dolabından iki paket alıp döndü. Tommy paketini açtı, içinde fildişinden yapılma bir çeşit flüt vardı. Annika'nın hediyesi de kelebek şeklinde güzel bir broştu. Kelebeğin kanatlarında kırmızı, mavi ve yeşil taşlar vardı.

Herkes doğum günü hediyesini aldığına göre, artık masaya oturabilirlerdi. Masada bir sürü kurabiye ve çörek vardı. Kurabiyelerin şekilleri çok tuhaftı. Pippi Çin'de kurabiyelerin böyle yapıldığını iddia etti.

Pippi bardaklara krema ile çırpılmış sıcak çikolata döktü. Geriye bir tek masaya oturmak kalmıştı ama Tommy:

"Annem ve babam yemek daveti verdiklerinde beylere

birer kart verilir," dedi. "Kartların üzerinde hangi bayanı hangi beyin masaya götüreceği yazar. Bence biz de öyle yapmalıyız."

"Nasıl diyorsan öyle olsun," dedi Pippi.

"İçinizde tek bey ben olduğum için biraz sorun olacak ama..." dedi Tommy.

"Hiç olur mu," dedi Pippi. "Sence Bay Nilsson bir hanım mı?"

"Evet ya," dedi Tommy, "Bay Nilsson'u unutmuşum."

Tommy odun sandığının üzerine oturup kartları yazdı.

"Bay Settergren Bayan Uzunçorap'a eşlik etmekle onurlandırılacak." Kartı gösterip, "Bay Settergren ben oluyorum," dedi mutlulukla. Sonra diğer kartı da yazdı.

"Bay Nilsson, Bayan Settergren'e eşlik etmekle onurlandırılacak."

"Tamam ama atın da bir kartının olması gerek," dedi Pippi kararlılıkla. "Masaya oturamayacak olsa da!"

Tommy başka bir karta Pippi'nin söylediklerini yazdı.

"At köşesinde bırakılarak onurlandırılacak, şeker ve kurabiye yiyecek."

Pippi kartı atın burnunun önüne tuttu:

"Oku bakalım, oku da ne düşündüğünü söyle!"

Atın bir itirazı olmadığı için, Tommy Pippi'nin koluna girerek onu masaya davet etti. Bay Nilsson Annika'yı davet etmek için hiçbir girişimde bulunmadı. Annika işi ele aldı ve Bay Nilsson'u kaldırıp masaya götürdü. Ancak Bay Nilsson sandalyeye oturmayı reddetti ve masanın üzerine oturdu. Ayrıca krema ile çırpılmış sıcak çikolata da içmek istemiyordu. Pippi bardağına su doldurunca bardağı iki elinin arasına alarak suyunu içti.

Annika, Tommy ve Pippi çörek ve kurabiyeleri iştahla yemeye başladılar. Annika, Çin'de böyle kurabiyeler yapılıyorsa, büyüdüğünde Çin'e taşınmak istediğini söyledi.

Bay Nilsson suyunu bitirdikten sonra bardağı ters çevirip başına koydu. Onu gören Pippi de aynısını yapmaya kalktı ama içindeki sıcak çikolatayı tam olarak bitirmediğinden, başından dökülen sıcak çikolata alnından burnunun altına kadar aktı. Pippi dilini çıkarıp yalayarak daha aşağılara akmasını engelledi.

"Hiçbir şeyi ziyan etmemek gerek," dedi.

Tommy ve Annika başlarına koymadan önce bardaklarının içini bir güzel yaladılar.

Hepsi karnını güzelce doyurduktan, at da payına düşeni yedikten sonra Pippi dört bir ucundan tutup bitiştirerek masa örtüsünü havaya kaldırdı. Bardaklar ve tabaklar birbirine çarptılar. Sonra çuval haline getirdiği örtüyü odun sandığının içine koydu.

"Yemeğimi yedikten sonra masayı hemen temizlerim

de," dedi.

Şimdi oyun oynayabilirlerdi. Pippi "Yere Basma" adlı bir oyun oynamayı önerdi. Basit bir oyundu. Yapılacak tek şey, hiç yere basmadan eşyaların üzerinden atlayarak mutfakta tur atmaktı. Pippi oradan oraya atlayarak hızla dolaştı. Tommy ve Annika da hiç fena sayılmazdı. Atlamaya bulaşıklığın üzerinden başlamışlardı; biraz yaylanarak fırının üzerine atlıyorlar, oradan odun sandığının üzerine geçiyor, sandığın üzerinden atlayıp şapka askısına tutunu-

yor ve oradan da masanın üzerine zıplıyorlardı. Sonra iki sandalyenin üzerinden atlayarak köşe dolabının üzerine çıkıyorlardı. Bulaşıklıkla köşe dolabı arasında üç metre kadar bir mesafe vardı. Neyse ki arada at vardı. Eğer kuyruk tarafından atın üzerine tırmanıp baş tarafına doğru giderlerse, bir sıçrayışta bulaşıklığın üzerine konabiliyorlardı.

Bir süre oynadıktan sonra, Annika'nın elbisesi ikinci güzel elbisesi olmaktan çıkmış, üçüncü, onuncu, on beşinci güzel elbisesi olmuştu. Tommy de bir baca temizleyicisi kadar kararmıştı. Sonunda başka bir oyun bulmaya karar verdiler.

"Tavan arasına çıkıp hayaletleri ziyaret edelim," dedi Pippi.

Annika nefesini tuttu: "Ha... ha... hayalet mi var tavan arasında?" dedi.

"Olmaz mı! Hem de yığınla," dedi Pippi. "Orası çeşit çeşit hortlak ve hayalet kaynıyor. Ayağın onlardan birine takılmadan yürüyemiyorsun. Oraya çıkalım mı?"

"Yoo," dedi Annika, Pippi'ye kınayarak baktı.

"Annem hortlak ve hayalet diye bir şey olmadığını söyledi," dedi Tommy.

"Doğru," dedi Pippi, "buradan başka bir yerde yok. Çünkü hepsi de benim evin tavan arasında yaşıyor. Buradan taşınmalarını istemenin hiçbir faydası yok. Neyse ki tehlikeli değiller. Yalnızca kolunuza çimdik atıp morartıyorlar. Bir de kafalarıyla çelik çomak oynuyorlar."

"Ka... ka... kafalarıyla çelik çomak mı oynuyorlar," diye fısıldadı Annika.

"Evet, öyle," dedi Pippi. "Hadi yukarı çıkıp onlarla konuşalım. Ben çelik çomakta iyiyimdir."

Tommy korktuğunu belli etmek istemiyordu, ayrıca bir hortlak görmeyi de çok istiyordu. Okuldaki çocuklara anlatacak bir şeyi olurdu. Üstelik, hortlakların Pippi'ye saldırmaya cesaret edemeyeceklerini düşünüyordu. Yani yukarı çıkmaya karar vermişti. Zavallı Annika'nın hiçbir koşulda yukarı çıkmaya niyeti yoktu ama sonra mutfakta yalnız başına otururken minik, minicik bir hortlağın gelip yanağını yalamaya kalkabileceğini düşünerek fikrini değiştirdi. Minik bile olsa bir hortlakla yalnız kalmaktansa, Pippi ve Tommy ile birlikte binlerce hortlağın arasında olmayı yeğlerdi. En önde Pippi vardı. Tavan arasına çıkan merdivenlere açılan kapıyı itti. İçerisi zifiri karanlıktı. Annika, Tommy'ye iyice sokuldu. Attıkları her adımda basamaklar gacır gucur ediyordu. Tommy de bunun iyi bir fikir olup olmadığını düşünmeye başlamıştı. Annika hiç düşünmüyordu. Çünkü iyi bir fikir olmadığından çok emindi.

Sonunda merdivenin başına geldiler. Tavan arası da karanlıktı. Yalnızca biraz ayışığı vardı. Çatıdaki çatlaktan giren rüzgar, uğuldayarak bütün tavan arasını dolaşıyordu.

"Bütün hortlaklara selam!" diye bağırdı Pippi.

İçeride bir hortlak vardıysa bile Pippi'nin selamına karşılık vermedi.

"Tam da düşündüğüm gibi," dedi Pippi, "Hayalet ve Hortlaklar Derneği'nin genel kurul toplantısına gitmişler."

Annika derin bir soluk aldı ve genel kurul toplantısının uzun sürmesini diledi. Birden tavan arasının bir köşesinden korkunç bir ses duyuldu.

"Huuuuuu," diyen bir ses! Ve Tommy alacakaranlıkta bir şeyin hışırdayarak üzerine geldiğini gördü. Alnında hafif bir esinti hissetti. Siyah bir şey alnını yalayarak açık pencereden dışarı fırlamıştı. Tommy bir çığlık attı.

"Bir hortlak, bir hortlak!"

Annika da Tommy'ye katıldı.

"Bu zavallı toplantıya gecikecek," dedi Pippi. "Tabii eğer bir baykuş değil de hortlaksa." Bir süre düşündükten sonra, "Biraz düşündüm de, bence baykuştu. Hortlak diye bir şey olduğunu iddia edenlerin burnunu sıkarım."

"İyi de bunu sen iddia ettin," dedi Annika.

"Öyle mi, ben mi iddia ettim?" dedi Pippi. "O zaman ben de kendi burnumu sıkarım."

Ve burnunu sıkıca tutup sıktı.

Bunun üzerine Tommy ve Annika biraz olsun sakinleştiler. Hatta büyük bir cesaret örneği göstererek pencereye gidip bahçeye bile baktılar. Gökyüzünde kocaman kara bulutlar dolaşıyor, ayışığını örtmek için ellerinden geleni yapıyorlardı. Ağaçlar uğulduyordu.

Tommy ve Annika pencereden çekilip geriye döndüklerinde... o da ne?.. korkunç bir şey gördüler! Beyaz bir şey üzerlerine geliyordu.

"Hayalet!" diye çılgınca bağırdı Tommy.

Annika o kadar korkmuştu ki bağıramadı bile. Beyaz şey gittikçe yaklaşıyordu. Tommy ve Annika birbirlerine sarılıp gözlerini kapadılar ama birden hayalet:

"Bakın ne buldum! Babamın geceliği, şuradaki eski denizci sandığının içinde buldum. Etrafından biraz daraltır, eteklerini de kısaltırsam üzerime olur."

Pippi etekleri ayaklarına dolaşan bir gecelik giymişti.

"Off, Pippi korkudan ölüyordum," dedi Annika.

"Ama gecelikler tehlikeli değil ki," dedi Pippi, "yalnızca kendilerini savunmak için ısırırlar!"

Pippi denizci sandığını iyice araştırmaya karar verdi. Sandığı kaldırıp pencereye doğru götürdü ve kapağını açtı. Zayıf ayışığı sandığın içini aydınlattı. Pippi eski elbiseleri çıkarıp yere saçtı. Sandıktan bir dürbün, birkaç eski kitap, üç silah, bir kılıç ve altın para dolu bir de kese çıktı.

"Hoppala ve gubbala," dedi Pippi coşkuyla.

"Ne harika," dedi Tommy.

Pippi her şeyi babasının geceliğinin içine doldurdu ve tekrar mutfağa indiler. Annika tavan arasından indikleri için çok mutluydu.

"Çocuklara asla silah vermeyin," dedi Pippi her bir eline bir silah alarak. "Bir kazaya yol açabilirsiniz," diye devam etti ve aynı anda iki silahın tetiğine birden bastı. Sonra başını tavana kaldırdı ve "Çok güzel patladılar," dedi. Tavanda iki kurşun deliği açılmıştı.

"Kim bilir," dedi Pippi, "belki kurşunlar tavanı delip hortlaklardan birinin bacağına saplanmıştır. Bir daha suçsuz çocukları korkuturken biraz düşünmek zorunda kalırlar. Her ne kadar hortlak diye bir şey olmasa da, insanları korkutarak akıllarını başlarından almaya hiç hakları yok. Aklıma gelmişken, silah ister misiniz?" diye sordu Pippi.

Tommy pek gönüllüydü. Annika da isterdi ama boş olması kaydıyla.

"İsterseniz bir haydut çetesi kurabiliriz," dedi Pippi ve dürbünü gözlerine yerleştirdi. "Bence bu dürbünle Güney Afrika'daki pireleri bile görebilirim. Eğer bir haydut çetesi kurarsak çok işe yarar," diye devam etti.

Tam o anda kapı çaldı. Gelen Tommy ve Annika'nın babasıydı. Çocuklarını almaya gelmişti. Yatma zamanının çoktan geçtiğini iddia ediyordu. Tommy ve Annika,

Pippi'ye aceleyle teşekkür edip hoşça kal dediler ve eşyalarını topladılar. Bunlar bir flüt, bir broş ve iki silahtı.

Pippi onları verandaya kadar geçirdi ve çocuklar gözden kaybolana kadar arkalarından baktı. Çocuklar da gözden kaybolmadan önce dönüp Pippi'ye el salladılar. İçeriden gelen ışık Pippi'yi aydınlatıyordu. Kapının önünde dimdik kızıl örgüleri ve babasının, ayaklarına dolanan beyaz geceliğiyle dikiliyordu. Bir elinde silah, diğerinde de kılıç vardı. Çocukları onlarla selamladı.

Tommy, Annika ve babaları bahçe kapısına geldiklerinde arkalarından birinin bağırdığını duydular. Durup dinlediler. Ağaçlarda uğuldayan rüzgar duymalarını zorlaştırıyordu. Yine de duydular.

"Ben büyüdüğümde korsan olacağım!" diye bağırıyordu Pippi. "Ya siz?"